천년의 우리소설 7

노힐부득과 달달박박

천년의 우리소설

千년의 우리소설 7
노힐부득과 달달박박

박희병·정길수 편역

2013년 9월 30일 초판 1쇄 발행

펴낸이 한철희 | 펴낸곳 돌베개 | 등록 2003년 12월 9일 제406-2003-000018호
주소 (413-756) 경기도 파주시 회동길 77-20 (문발동)
전화 (031) 955-5020 | 팩스 (031) 955-5050
홈페이지 www.dolbegae.com | 전자우편 book@dolbegae.co.kr

편집 이경아·최혜리·이혜승
표지디자인 민진기디자인 | 본문디자인 이은정
제작·관리 윤국중·이수민 | 마케팅 심찬식·고운성
인쇄 한영문화사 | 제본 경인제책사

ⓒ 박희병·정길수, 2013

ISBN 978-89-7199-568-6 04810
ISBN 978-89-7199-282-1 (세트)

이 도서의 국립중앙도서관 출판시도서목록(CIP)은 e-CIP 홈페이지
(http://www.nl.go.kr/cip.php)에서 이용하실 수 있습니다.(CIP제어번호: CIP2013018188)

책값은 뒤표지에 있습니다.

천년의 우리소설 7

천년의 우리소설

노힐부득과 달달박박

박희병 · 정길수 편역

돌베개

이 총서는 위로는 신라 말기인 9세기경의 소설을, 아래로는 조선 말기인 19세기 말의 소설을 수록하고 있다. 즉, 이 총서가 포괄하고 있는 시간은 무려 천 년에 이른다. 이 총서의 제목을 '千년의 우리소설'이라 한 이유가 여기에 있다.

근대 이전에 창작된 우리나라 소설은 한글로 쓰인 것이 있는가 하면 한문으로 쓰인 것도 있다. 중요한 것은 한글로 쓰였는가 한문으로 쓰였는가 하는 점이 아니다. 오늘날의 관점에서 볼 때 그런 것은 그다지 중요하지 않다. 정말 중요한 것은 문예적으로 얼마나 탁월한가, 사상적으로 얼마나 깊이가 있는가, 그리하여 오늘날의 독자가 시대를 뛰어넘어 얼마나 진한 감동을 받을 수 있는가 하는 점일 터이다. 이 총서는 이런 점에 특히 유의하여 기획되었다.

외국의 빼어난 소설이나 한국의 흥미로운 근현대소설을 이미 접한 오늘날의 독자가 한국 고전소설에서 감동을 받기란 쉬운 일

이 아니다. 우리 것이니 무조건 읽어야 한다는 애국주의적 논리
는 이제 더 이상 통하지 않는다. 과연 오늘날의 독자가 『유충렬
전』이나 『조웅전』 같은 작품을 읽고 무슨 감동을 받을 것인가.
어린 학생이든 혹은 성인이든, 이런 작품을 읽은 뒤 자기대로 생
각에 잠기든가, 비통함을 느끼든가, 깊은 슬픔을 맛보든가, 심미
적 감흥에 이르든가, 어떤 문제의식을 환기받든가, 역사나 인간
에 대한 이해를 증진시키든가, 꿈과 이상을 품든가, 대체 그럴 수
있겠는가? 아마 그렇지 못할 것이다. 그럼에도 이런 종류의 작품
은 대부분의 한국 고전소설 선집 속에 포함되어 있으며, 중고등
학교에서도 '고전'으로 가르치고 있다. 그러니 한국 고전소설은
별 재미도 없고 별 감동도 없다는 말을 들어도 그닥 이상할 게 없
다. 실로 학계든, 국어 교육이나 문학 교육의 현장이든, 지금껏
관습적으로 통용되어 온 고전소설에 대한 인식을 전면적으로 재
검토해야 할 시점에 이르렀다. 이 총서는 이런 문제의식에서 출
발한다.

 이 총서가 지금까지 일반인들에게 그리 알려지지 않은 작품들
을 많이 수록하고 있음도 이 점과 무관치 않다. 즉, 이는 21세기
의 한국인들에게 어필할 수 있는 새로운 한국 고전소설의 레퍼토
리를 재구축하려는 시도인 것이다. 이 점에서 이 총서는 그렇고
그런 기존의 어떤 한국 고전소설 선집과도 다르며, 아주 새롭다.
하지만 이 총서는 맹목적으로 새로움을 위한 새로움을 추구하지

는 않았으며, 비평적 견지에서 문예적 의의나 사상적·역사적 의의가 있는 작품을 엄별해 수록하였다. 그리하여 우리는 이 총서를 통해, 흔히 한국 고전소설의 병폐로 거론되어 온, 천편일률적이라든가, 상투적 구성을 보인다든가, 권선징악적 결말로 끝난다든가, 선인과 악인의 판에 박힌 이분법적 대립으로 일관한다든가, 역사적·현실적 감각이 부족하다든가, 시공간적 배경이 중국으로 설정된 탓에 현실감이 확 떨어진다든가 하는 지적으로부터 퍽 자유로운 작품들을 가능한 한 많이 독자들에게 소개하고자 한다.

그러나 수록된 작품들의 면모가 새롭고 다양하다고 해서 그것으로 충분한 것은 아닐 터이다. 한국 고전소설, 특히 한문으로 쓰인 한국 고전소설은 원문을 얼마나 정확하면서도 쉽고 유려한 현대 한국어로 옮길 수 있는가의 여부에 따라 작품의 가독성은 물론이려니와 감동과 흥미가 배가될 수도 있고 반감될 수도 있다. 이 총서는 이런 점에 십분 유의하여 최대한 쉽게 번역하기 위해 많은 고심을 하였다. 하지만 쉽게 번역해야 한다는 요청이, 결코 원문을 왜곡하거나 원문의 정확성을 다소간 손상시켜도 좋음을 의미하지는 않는다. 이런 견지에서 이 총서는 쉬운 말로 번역해야 한다는 하나의 대전제와 정확히 번역해야 한다는 또 다른 대전제 ─ 이 두 전제는 종종 상충할 수도 있지만 ─ 를 통일시키기 위해 많은 노력을 기울였다.

한국 고전소설에는 이본異本이 많으며, 같은 작품이라 할지라도 이본에 따라 작품의 뉘앙스와 풍부함이 달라지는 경우가 비일비재하다. 그뿐 아니라 개개의 이본들은 자체 내에 다소의 오류를 포함하고 있다. 따라서 하나하나의 작품마다 주요한 이본들을 찾아 꼼꼼히 서로 대비해 가며 시시비비를 가려 하나의 올바른 텍스트, 즉 정본定本을 만들어 내는 일이 대단히 긴요하다. 이 작업은 매우 힘들고, 많은 공력功力을 요구하며, 시간도 엄청나게 소요된다. 이런 이유 때문이겠지만, 지금까지 고전소설을 번역하거나 현대 한국어로 바꾸는 일은 거의 대부분 이 정본을 만드는 작업을 생략한 채 이루어져 왔다. 하지만 정본 없이 이루어진 이 결과물들은 신뢰하기 어렵다. 정본이 있어야 제대로 된 한글 번역이 가능하고, 제대로 된 한글 번역이 있고서야 오디오 북, 만화, 애니메이션, 드라마, 영화 등 다른 문화 장르에서의 제대로 된 활용도 가능해진다. 뿐만 아니라 정본에 의거한 현대 한국어 역譯이 나와야 비로소 영어나 기타 외국어로의 제대로 된 번역이 가능해진다. 이런 점에서 본다면 작금의 한국 고전소설 번역이나 현대화는 대강 특정 이본 하나를 현대어로 옮겨 놓은 수준에 머무는 것이라는 한계를 대부분 갖고 있는바, 이제 이 한계를 넘어서야 할 시점에 이르렀다. 이 총서에 실린 대부분의 작품들은 2년 전에 내가 펴낸 책인 『한국한문소설 교합구해校合句解』에서 이루어진 정본화定本化 작업을 토대로 하고 있는바, 이 점에서 기존의 한국 고전소설 번역서들과는 전적으로 그 성격을 달리한다.

나는 『한국한문소설 교합구해』의 서문에서, "가능하다면 차후 후학들과 힘을 합해 이 책을 토대로 새로운 버전version의 한문소설 국역을 시도했으면 한다. 만일 이 국역이 이루어진다면 이를 저본으로 삼아 외국어로의 번역 또한 생각해 볼 수 있을 것이다"라고 말한 바 있다. 바야흐로, 한국 고전소설을 전공한 정길수 교수와의 공동 작업으로 이 총서를 간행함으로써 이런 생각을 실현할 수 있게 되어 대단히 기쁘게 생각한다.

이제 이 총서의 작업 방식에 대해 간단히 언급해 두고자 한다. 이 총서의 초벌 번역은 정교수가 맡았으며 나는 그것을 수정하는 작업을 하였다. 정교수의 노고야 말할 나위도 없지만, 수정을 맡은 나도 공동 작업의 취지에 어긋나지 않게 최선을 다했음을 밝혀 둔다. 한편 각권의 말미에 첨부한 간단한 작품 해설은, 정교수가 작성한 초고를 내가 수정하며 보완하는 방식으로 작업하였다. 원래는 작품마다 그 끝에다 해제를 붙이려고 했는데, 너무 교과서적으로 비칠 염려가 있는 데다가 혹 독자의 상상력을 제약할지도 모르겠다는 생각이 들어 이런 방식으로 바꾸었다.

이 총서는 총 16권을 계획하고 있다. 단편이나 중편 분량의 한문소설이 다수지만, 총서의 뒷부분에는 한국 고전소설을 대표하는 몇 종류의 장편소설과 한글소설도 수록할 생각이다.

이 총서는, 비록 총서라고는 하나, 한국 고전소설을 두루 망라

하는 데 목적이 있지 않다. 그야말로 '千년의 우리소설' 가운데 21세기 한국인 독자의 흥미를 끌 만한, 그리하여 우리의 삶과 역사와 문화를 주체적으로 돌아보고 성찰하는 데 도움이 될 만한, 그럼으로써 독자들의 심미적審美的 이성理性을 충족시키고 계발하는 데 보탬이 될 만한 작품들을 가려 뽑아, 한국 고전소설에 대한 인식을 바꾸고 확충하고자 하는 것이 본 총서의 목적이다. 만일 이 총서가 이런 목적을 어느 정도 달성했다는 평가를 받게 된다면 영어 등 외국어로 번역하여 비단 한국인만이 아니라 세계 각지의 사람들에게 읽혀도 좋지 않을까 생각한다.

2007년 9월

박희병

차례

노힐부득과 달달박박

미상

백월산[1]은 신라 구사군[2]의 북쪽에 있다. 기괴하고도 수려한 모양의 산봉우리가 동서남북 수백 리에 걸쳐 있으니 참으로 거대한 진산[3]이다. 노인들은 이 산을 두고 이런 이야기를 전한다.

　"옛날 당나라 황제가 연못 하나를 새로 만들었는데, 매달 보름날이 가까워 달빛이 환할 때면 연못 가운데에 산 하나가 보였다는군. 사자처럼 생긴 바위가 꽃가지 사이로 어리비쳐 그 그림자가 연못 가운데 보였던 거지. 황제는 화공畵工을 시켜 그 바위 모양을 그리게 한 뒤, 사신을 보내 천하를 두루 다니며 같은 모양의 바위를 찾게 했어.

　사신은 결국 우리나라에 이르러 백월산에 있는 큰사자바위[4]를

─────────

1. **백월산**白月山　경상남도 창원시 의창구 북면에 있는 산.
2. **구사군**仇史郡　지금의 경상남도 창원시 일대.
3. **진산**鎭山　고을 인근에서 가장 높은 산을 이른다.
4. **큰사자바위**　대사자암 大獅子巖. 백월산 동쪽 끝 봉우리에 있는 커다란 바위가 사자가 누워 있는 모양과 비슷하여 '사자바위'라 부른다고 한다.

보았지. 백월산에서 서남쪽으로 조금만 가면 '화산'花山이라 부르는, 세 봉우리로 이루어진 산이 있는데, 이 산 모양이 바로 화공이 그린 그림과 흡사했어. 하지만 이게 정말 연못에 비친 그 산인지 확신할 수는 없었어. 그래서 신발 한 짝을 큰사자바위 꼭대기에 걸어 두었지.

사신은 돌아가 황제에게 그런 사정을 아뢰었어. 그러고 나서 보니 이제는 신발 그림자까지 연못에 비치지 뭔가. 황제는 기이한 일이라며 이 산에 '백월산'이라는 이름을 붙여 주었어. 그 뒤로 연못에 그림자가 없어졌지."

산에서 동남쪽으로 3천 보⁵쯤 떨어진 곳에 선천촌仙川村이라는 마을이 있었다. 이 마을에 두 사람이 살고 있었는데, 한 사람의 이름은 '노힐부득'으로, 그 아버지의 이름은 월장이고, 어머니의 이름은 미승이다. 다른 한 사람의 이름은 '달달박박'으로, 그 아버지의 이름은 수범이고, 어머니의 이름은 범마다.

두 사람 모두 풍채가 범상치 않고 속세를 초탈하고자 하는 고원한 뜻을 지니고 있었기에 벗이 되어 사이좋게 지냈다. 두 사람은 스무 살이 되자 마을 동북쪽 고개 너머에 있는 법적방⁶으로 가서 머리를 깎고 승려가 되었다.

5. **보步** 거리를 재는 단위. 1보는 5척尺에 해당하는바, 3천 보는 약 3.5킬로미터로 환산된다.
6. **법적방法積房** 절 혹은 승방 僧房의 이름.

얼마 뒤 두 사람은 서남쪽에 있는 치산촌雉山村 법종골에 있는 승도촌僧道村의 오래된 절이 마음을 수양하기 좋은 곳이라는 소문을 듣고, 함께 가서 대불전大佛田과 소불전小佛田 두 마을에 각각 거처를 정했다. 노힐부득은 회진암懷眞菴에서 지냈는데, 이곳은 양사壤寺라고도 불렸다. 달달박박은 유리광사瑠璃光寺에서 지냈다.

노힐부득과 달달박박은 처자식을 데리고 와 살며 생업을 꾸렸다. 그러면서도 서로 왕래하며 몸과 마음을 수양하여 속세를 초탈하고자 하는 뜻을 잠시도 버리지 않아 몸과 세상의 무상함을 깨닫고는 서로 이렇게 말했다.

"기름진 땅에 풍년이 드는 게 참으로 좋긴 하지만 옷과 밥이 마음먹은 대로 생겨 저절로 따뜻하고 배부름을 얻는 것만은 못하지. 또한 아름다운 여자와 으리으리한 집이 참으로 좋긴 하지만 연화장세계[7]에서 1천 성자聖者와 노닐며 앵무새며 공작새를 함께 즐기는 것만은 못해. 하물며 불법을 배워 부처가 되고, 마음을 수양해서 진리를 얻을 수 있다면 더 말할 나위가 있겠나? 지금 우리는 이미 머리를 깎고 승려가 되었네. 그렇다면 얽매여 있던 것을 벗어 던지고 무상無上의 도道를 이루어야지, 속세에 골몰해서 속세 사람들과 다름이 없어서야 되겠나?"

---

7. **연화장세계蓮華藏世界** 비로자나불毘盧遮那佛이 있는 공덕무량功德無量·광대장엄廣大莊嚴의 세계. 이 세계는 큰 연꽃으로 되어 있으며, 세상의 모든 국토와 세상 만물을 모두 간직하고 있다고 한다.

노힐부득과 달달박박은 마침내 속세를 떠나 깊은 골짜기에 숨기로 했다. 그날 밤 꿈에 백호[8]의 빛이 서쪽에서 오더니 빛 속에서 금빛 팔이 아래로 뻗어 나와 두 사람의 정수리를 쓰다듬어 주었다. 잠에서 깨어 꿈 이야기를 해 보니 똑같은 꿈을 꾼 게 아닌가. 두 사람은 오랫동안 감탄해 마지않았다.

노힐부득과 달달박박은 결국 백월산 무등골로 들어갔다. 달달박박은 북쪽 고개의 사자바위를 차지하여 여덟 자 판잣집을 짓고 살았으니, 이 집을 '판방'板房이라 불렀다. 노힐부득은 동쪽 고개의 돌무더기 아래 물이 있는 곳을 차지하고 방장方丈을 만들었는데, 이 집을 '뇌방'磊房이라 불렀다. 각각 암자에 거처하며 노힐부득은 미륵불[9]에게 정성을 다해 기도했고, 달달박박은 아미타불[10]을 경배했다.

3년이 채 지나지 않은 경룡[11] 3년 기유년 8월 4일의 일이다. 이해는 신라 성덕왕聖德王 8년(709)이다. 해가 저물 무렵 스무 살쯤된 여인이 몹시 빼어난 자태로 난초와 사향麝香의 향기를 풍기며 북쪽 암자에 왔다. 여인은 묵어 가기를 청하며 시를 지어 읊었다.

---

8. **백호白毫** 부처의 두 눈썹 사이에 있는, 희고 빛나는 터럭. 여기에서 나오는 빛이 무량세계無量世界를 비춘다고 한다.
9. **미륵불彌勒佛** 석가모니에 이어 미래에 나타나 중생을 구제한다는 부처.
10. **아미타불阿彌陀佛** 서방 극락정토에 있다는 부처. 모든 중생을 제도하겠다는 염원을 품고 부처가 되어 극락에서 교화를 편다고 한다.
11. **경룡景龍** 당나라 중종中宗의 연호年號.

길을 가다 해 저물어 일천 산 어두운데

성까지는 갈 길 멀고 사방에 아무도 없네.

오늘 밤 암자에 묵어 가길 청하오니

자비로운 스님께선 노여워하지 마소서.

달달박박은 말했다.

"절은 청정함을 지키는 것이 급선무니 그대가 가까이할 곳이 아니오. 여기 머물지 말고 떠나시오."

그러고는 문을 닫고 들어가 버렸다.

여인이 남쪽 암자로 가서 앞서와 같이 청하자 노힐부득은 이렇게 말했다.

"어디서 오시는 길이기에 한밤중에 이곳을 찾으셨소?"

"맑기가 태허[12]와 한 몸이니 오는 곳 가는 곳이 어디 있겠습니까? 다만 스님의 발원이 심중하고 덕행이 높다는 소문을 듣고 보리[13]를 이루는 것을 돕고자 할 뿐입니다."

여인은 게[14] 한 편을 지어 읊었다.

---

12. **태허太虛** 만물이 생기기 전의 상태. 우주 만물의 근원적인 실체.
13. **보리菩提** 불교 최고의 이상인 부처의 지혜.
14. **게偈** 부처의 공덕이나 가르침을 찬미하는 노래.

해 저문 일천 산길

가도 가도 사방엔 아무도 없네.

대 그늘 솔 그늘 깊어 갈수록

골짜기 메아리는 더욱 청신하네.

묵어 가길 청하는 건 길 잃어서가 아니요

스님의 길잡이가 되려 함이지.

바라건대 내 청을 들어주시고

누구냐고는 묻지 말기를.

노힐부득은 노래를 듣고 깜짝 놀라 말했다.

"여기는 부녀자가 더럽혀서는 안 되는 곳입니다만 중생의 뜻을 따르는 것 역시 보살행[15]의 하나지요. 더구나 깊은 산골에 밤이 깊었으니 소홀히 대할 수 없군요."

노힐부득은 여인을 맞아 암자 안에 머물게 했다.

밤이 되자 노힐부득은 마음을 맑게 하고 몸가짐을 더욱 굳게 했다. 희미한 등불이 벽에 비치는 가운데 조용히 염불을 했다.

깊은 밤에 여인이 외쳤다.

"불행히도 지금 산기產氣가 있으니, 풀을 깔아 자리를 좀 마련해 주셨으면 해요."

꙼꙼꙼꙼

15. **보살행**菩薩行 열반에 이르기 위한 수행.

노힐부득은 측은한 마음을 거스르지 못해 은근히 촛불을 밝혔다.

여인이 아기를 낳더니 이번에는 목욕을 시켜 달라고 부탁했다. 노힐부득의 마음에 부끄러움과 두려움이 동시에 일었지만 그보다는 불쌍히 여기는 마음이 한층 컸다. 노힐부득은 동이로 욕조를 마련해서 그 안에 여인을 앉히고, 물을 데워 여인을 목욕시켰다. 그러자 잠시 후 욕조 안의 물이 진한 향기를 풍기며 황금빛으로 변했다. 노힐부득이 깜짝 놀라자 여인이 말했다.

"스님께서도 이 물에 목욕을 하시지요."

노힐부득이 마지못해 그 말을 따르자 문득 정신이 맑고 상쾌해지며 피부가 금빛으로 변하는 것이었다. 옆을 보니 홀연 연좌[16] 하나가 생겼다. 여인은 노힐부득에게 앉으라고 권한 뒤 말했다.

"나는 관음보살이다. 대사가 대보리大菩提를 이루도록 도우러 온 것이니라."

말이 끝나자마자 사라졌다.

한편 달달박박은 노힐부득이 오늘 밤 틀림없이 계율을 더럽혔을 테니 그를 비웃어 주어야겠다고 생각했다. 그런데 가서 보니 노힐부득은 연좌에 앉아 미륵불상이 되어 광명을 발산하고 있었고, 몸에서는 금빛 광채가 났다. 달달박박은 자기도 모르게 머리

16. **연좌**蓮座 부처 혹은 불상이 앉는 연꽃 모양의 자리.

를 조아려 절하고 말했다.

"어떻게 이리 되셨습니까?"

노힐부득이 그간의 사정을 자세히 말하자 달달박박은 탄식하며 말했다.

"제 업장[17]이 무거워 관음보살을 뵙는 행운을 얻고도 은혜를 입지 못했군요. 더없이 덕이 높으신 부처께서 먼저 열반에 이르셨으니 예전의 맹세를 잊지 마시고 저도 함께 인도해 주시기 바랍니다."

노힐부득은 말했다.

"욕조에 황금물이 남아 있으니 목욕하게."

달달박박이 목욕을 하자 앞서와 같이 변하여 무량수불[18]이 되니, 두 부처가 엄연히 마주 앉았다.

산 아래의 마을 사람들이 이 소식을 듣고 앞다투어 와서 두 부처를 우러러보고는 감탄하며 말했다.

"세상에 드문 일이다, 세상에 드문 일이야!"

두 부처는 사람들에게 불법의 요체를 설명한 뒤 구름을 타고 날아갔다.

천보[19] 14년 을미년(755)에 신라 경덕왕景德王이 즉위하여 이 소

꒰꒱꒰꒱

17. **업장業障** 악업惡業을 지어 불도를 수행하는 데 장애가 되는 것.
18. **무량수불無量壽佛** 아미타불阿彌陀佛을 달리 이르는 말.
19. **천보天寶** 당나라 현종玄宗의 연호.

식을 들고, 정유년(757)에 관리를 파견하여 큰 절을 짓게 한 뒤 '백월산 남사南寺'라는 이름을 붙였다. 광덕[20] 2년 갑진년(764) 7월 15일에 절이 완성되자 미륵불상을 만들어 금당金堂에 안치하고 '현신성도미륵지전'[21]이라는 현판을 붙였다. 또 아미타불상을 만들어 강당에 안치했다. 달달박박은 목욕할 때 황금물이 부족해서 온몸을 두루 적시지 못했는데, 이 때문에 아미타불상에는 얼룩진 흔적이 있다. 강당에는 '현신성도무량수전'[22]이라는 현판을 붙였다.

---

20. **광덕廣德** 당나라 대종代宗의 연호.
21. **현신성도미륵지전現身成道彌勒之殿** '이 세상에서 불도를 이룬 미륵불의 전당殿堂'이라는 뜻.
22. **현신성도무량수전現身成道無量壽殿** '이 세상에서 불도를 이룬 무량수불(아미타불)의 전당'이라는 뜻.

호
원

미
상

신라에는 해마다 2월 8일부터 15일까지 서라벌의 남녀들이 홍
륜사¹에 있는 탑 주위를 돌며 복을 비는 풍속이 있었다. 원성왕²
때 김현金現이란 젊은이가 깊은 밤에 홀로 쉬지 않고 탑돌이를 했
다. 처녀 한 사람도 염불하며 그 뒤를 따라 탑을 돌았다. 김현은
처녀에게 호감을 느끼고 눈길을 보냈다. 탑돌이를 마친 뒤 김현
은 처녀를 인적 없는 곳으로 이끌고 들어가서 사랑을 나누었다.
처녀가 돌아가려 하자 김현은 그 뒤를 따라갔다. 처녀는 따라오
지 말라고 했지만 김현은 아랑곳하지 않고 처녀를 따라갔다.
　　처녀가 서산西山 기슭에 이르러 한 초가집으로 들어가자, 그 집
노파가 처녀에게 물었다.
　　"따라온 사람은 누구니?"

---

1. **흥륜사興輪寺** 경주에 있던 절. 신라 최초의 절로, 이차돈異次頓의 순교 이후 신라 불교의 중심 사찰
　역할을 했다.
2. **원성왕元聖王** 신라 제38대 왕. 재위 785~798년.

처녀가 사정을 말하자 노파가 말했다.

"좋은 일이긴 하다만 아예 이런 일이 생기지 않는 게 나았는데. 하지만 이미 벌어진 일이니 말해 봐야 소용없겠구나. 조용한 곳에 숨어야 할 텐데, 네 오빠들이 해칠까 걱정이다."

노파는 김현을 집 안 깊숙한 곳에 숨겼다.

잠시 후에 호랑이 세 마리가 으르렁거리며 오더니 인간의 말로 말했다.

"집에 비린내가 나니 요기를 할 수 있겠구먼!"

노파와 처녀는 꾸짖어 말했다.

"코가 망가졌나 봐. 무슨 미친 소리야?"

그때 하늘에서 소리가 들렸다.

"너희들은 남의 목숨을 너무도 많이 해쳤다. 한 놈을 죽여 악을 징계해야겠다."

세 호랑이는 그 말을 듣고 모두 근심하는 기색을 띠었다. 처녀가 말했다.

"세 오빠가 먼 곳으로 피신해서 사숙한다면 내가 그 벌을 대신 받을게."

세 호랑이는 기뻐하더니 머리를 숙이고 꼬리를 늘어뜨린 채 달아났다.

처녀는 안으로 들어가 김현에게 말했다.

"처음에 저는 서방님이 저희 집에 오시는 게 수치스러웠기 때문에 따라오지 못하게 막았어요. 하지만 이젠 숨길 게 없으니 감히 속마음을 털어놓겠습니다. 더구나 서방님과 저는 비록 유類는 다르나 하룻밤의 즐거움을 함께했으니 그 의리가 부부 사이만큼 무겁군요.

세 오빠의 악행을 하늘이 미워하시니, 우리 집안에 내린 재앙을 제가 감당하려 합니다. 그렇다면 모르는 사람의 손에 죽느니 서방님의 칼에 쓰러져서 은덕에 보답하는 게 낫지 않겠습니까?

제가 내일 시장에 들어가서 사람들을 심하게 해칠 거예요. 하지만 나라에서는 저를 어떻게 할 방법이 없을 거예요. 대왕은 필시 높은 벼슬을 내걸고 사람을 모아 저를 붙잡게 하겠지요. 서방님은 겁내지 말고 도성 북쪽 숲까지 저를 뒤쫓아 오세요. 제가 거기서 기다리고 있을게요.”

“사람은 사람과 사귀는 게 떳떳한 도리요, 사람이 다른 종내기와 사귀는 일은 떳떳한 도리가 아니오. 하지만 이미 좋은 관계를 맺었으니 참으로 큰 천행天幸이거늘, 어찌 차마 배필의 죽음을 팔아서 벼슬을 구할 수 있겠소?”

“서방님, 그런 말씀 마셔요. 지금 제가 죽는 건 천명天命이고, 제 소원이기도 하며, 서방님께 경사스러운 일이 되고, 제 가족에게 복이 되며, 온 나라 사람들에게 기쁨이 될 거예요. 제 한 몸 죽어 다섯 가지 이로움이 생기는데, 어찌 이를 어길 수 있겠어요? 다만 저를 위해 절을 세우고 불경을 읽어 제가 좋은 업보를 얻게 해 주세요. 그렇게만 하시면 서방님은 제게 큰 은혜를 베푸시는 겁니다."

이튿날 과연 사나운 호랑이가 성안으로 들어와 몹시 사납게 사람들을 해쳤지만 감히 당해 낼 수 없었다. 원성왕은 그 소식을 듣고 명령을 내렸다.

"호랑이를 죽이는 자에게 벼슬을 2등급 특진시키겠노라!"

그러자 김현이 궁궐에 나아가 아뢰었다.

"소신小臣이 할 수 있습니다."

원성왕은 벼슬을 먼저 내려 김현을 격려했다.

김현이 단검을 차고 숲 속으로 들어가니, 호랑이는 처녀로 변신하여 반가이 웃으며 말했다.

"어젯밤 서방님과 사랑을 나눈 일을 부디 잊지 마세요. 오늘 제 발톱에 상처를 입은 이들에게 흥륜사의 장醬을 발라 주고 흥륜사의 바라 소리를 들려 주면 상처가 다 나을 겁니다."

처녀는 김현이 차고 있던 단검을 뽑아 스스로 목을 찔렀다. 처녀는 쓰러지자마자 호랑이로 변했다.

김현은 숲에서 나와 "지금 호랑이를 쉽게 잡았소"라고 말을 둘러댔다. 내막은 숨겨 누설하지 않고, 다만 처녀가 일러 준 대로 호랑이에게 해를 입은 사람들을 치료하니 상처가 모두 나았다. 지금도 민간에서는 호랑이에게 입은 상처를 치료할 때 이 방법을 쓴다.

김현은 벼슬길에 오른 뒤 서천[3] 가에 절을 새로 짓고 '호원사'[4] 라는 이름을 붙였다. 그러고는 항상 『범망경』[5]을 읽어 호랑이 처녀의 저승길을 인도함으로써 처녀가 제 몸을 죽여 김현을 출세하게 만들어 준 은혜에 보답하고자 했다.

김현은 죽기 직전 예전에 겪은 기이한 일에 깊은 감회를 느끼고는 붓을 들어 전傳을 지었다. 세상 사람들은 비로소 김현이 겪은 일을 알고 그 숲을 '논호림'[6]이라 이름 붙여 지금까지 그렇게 부른다.

---

3. 서천西川 경주 서쪽에 있는 강 이름.
4. 호원사虎願寺 경주시 황성동隍城洞에 있던 절.
5. 『범망경』梵網經 대승 불교 경전의 하나. 불교 계율의 기초를 이루는 경전으로, 보살의 심지心地(마음)와 보살이 지켜야 할 계율 등을 밝혔다.
6. 논호림論虎林 '호랑이에 대하여 이야기하는 숲'이라는 뜻. 지금의 경주시 황성공원 일대의 숲.

온달

김부식

온달溫達은 고구려 평강왕¹ 때 사람이다. 용모가 꾀죄죄해서 비웃음을 샀지만 마음은 순수했다.

온달은 집이 몹시 가난해서 항상 밥을 빌어 어머니를 봉양했다. 찢어진 적삼에 해진 신을 신고 시정市井을 왕래하니, 당시 사람들은 그를 일컬어 '바보 온달'이라고들 했다.

평강왕의 어린 딸이 울기를 잘했다. 왕은 딸을 놀려 이렇게 말했다.

"너는 늘 울기만 해서 내 귀를 따갑게 하니 장성하면 분명 사대부의 아내가 되지 못할 거야. 바보 온달에게 시집보내야지."

왕은 공주가 울 때마다 그렇게 말했다.

공주가 열여섯 살이 되었다. 왕이 상부²의 고씨高氏에게 공주를 시집보내려 하자 공주가 말했다.

❀❀❀
1. **평강왕平岡王** 고구려 제25대 왕인 평원왕平原王(재위 559~590)을 말한다.

"대왕께선 항상 '너는 반드시 온달의 아내가 되어야 한다'고 말씀하셨는데, 지금 왜 말씀을 바꾸십니까? 평범한 사내도 한번 내뱉은 말을 어기지 않고자 하거늘 하물며 지존至尊의 자리에 계신 분이야 더 말할 나위가 있겠습니까? 그러므로 '임금은 농담으로 하는 말이 없다'³는 말이 있지 않습니까? 지금 대왕의 분부는 그릇된 것이니 저는 감히 받들지 못하겠습니다."

왕이 화가 나서 말했다.

"네가 내 말을 듣지 않는다면 내 딸이 될 수 없으니 어찌 같이 살겠느냐? 네가 가고 싶은 데로 가라!"

그러자 공주는 값진 팔찌 수십 개를 팔꿈치에 걸고 궁궐을 나서 홀로 길을 떠났다. 길에서 만난 사람에게 온달의 집을 물어 마침내 그의 집에 이르렀다. 공주는 온달의 눈먼 노모를 보고는 가까이 다가가 절하고 온달이 어디 있는지 물었다. 온달의 노모는 말했다.

"내 아들은 가난하고 누추해서 귀하신 분이 가까이할 만한 사람이 아니오. 지금 그대의 냄새를 맡아 보니 향기가 보통 사람과

---

2. **상부上部** 고구려는 원래 소노부消奴部·절노부絶奴部·순노부順奴部·관노부灌奴部·계루부桂婁部의 다섯 부족이 결합하여 성립되었다. 다섯 부족은 후대에 5부部의 행정구역으로 바뀌는데, '상부'는 5부 중 순노부順奴部를 가리킨다.

3. **임금은 농담으로 하는 말이 없다** 어린 나이에 즉위한 주周나라 성왕成王이 아우 숙우叔虞와 소꿉놀이를 하다 숙우를 제후로 봉하자 주공周公이 축하했는데, 성왕이 장난으로 한 말이었다고 하자 주공이 한 말.

다르고, 그대의 손을 만져 보니 솜처럼 보드라워서 천하의 귀인임에 틀림없소. 누구의 꾐에 빠져 여기에 오셨소? 지금 내 자식은 굶주림을 참지 못해 산에서 느릅나무 가죽을 벗기고 있소."

오랜 시간이 흘러도 온달이 돌아오지 않자 공주는 집을 나섰다. 산 밑에 이르자 온달이 느릅나무 껍질을 등에 지고 오는 것이 보였다. 공주가 온달에게 자기 마음을 말하자 온달은 버럭 성을 내며 말했다.

"이건 어린 여자가 마땅히 할 만한 행동이 아니니, 너는 필시 사람이 아니라 여우 귀신이로구나. 내게 다가오지 마라!"

마침내 뒤도 돌아보지 않고 제 갈 길을 갔다. 공주는 혼자 온달의 집으로 돌아와 사립문 아래에서 잤다.

이튿날 공주가 다시 들어가 온달 모자에게 그간의 사정을 자세히 말했다. 온달이 주저하며 결정하지 못하고 있는데, 노모가 말했다.

"내 자식은 누추하기 짝이 없어 귀하신 분의 짝이 되기에 부족하고, 우리 집은 좁디좁아서 귀하신 분이 거처하기에 마땅치 않소."

공주가 말했다.

"옛사람이 이르기를 '한 말 곡식도 찧을 만하고, 한 자 옷감도 바느질할 만하다'고 했습니다. 한마음으로 뭉치면 부귀해지기 전에도 얼마든지 함께 누릴 수 있습니다."

그리하여 공주는 금팔찌를 팔아 땅과 집과 노비와 마소와 온갖 도구를 사서 집안 살림살이를 다 갖추었다.

말을 살 때 공주가 온달에게 말했다.

"부디 시장 상인이 파는 말을 사지 마시고, 나라에서 기르던 말 가운데 병들어 쫓겨난 말을 반드시 골라 사 오세요."

온달이 그 말대로 했다. 공주가 부지런히 말을 먹여 기르니 말은 날로 살이 붙고 튼튼해졌다.

고구려에서는 매년 3월 3일 낙랑 언덕에 모여 사냥을 하고, 잡은 돼지와 사슴을 하늘과 산천의 신에게 제사 지내는 풍습이 있었다. 그날이 되어 왕이 사냥하러 나오니 신하들과 5부[4]의 병사가 모두 그 뒤를 따랐다. 이때 온달 역시 기르던 말을 타고 따라 나왔다. 온달이 말을 달리면 늘 맨 앞에 섰고, 사냥한 동물도 가장 많아서 달리 비교할 만한 자가 없었다. 왕이 불러서 이름을 묻고는 깜짝 놀라며 신기하게 여겼다.

그때 후주의 무제[5]가 군사를 일으켜 요동遼東을 쳐들어왔다. 고구려 왕은 몸소 군대를 거느리고 배산[6] 들판에서 적군을 맞아 싸웠다. 온달이 선봉에 서서 분투하며 적군 수십여 명의 목을 베자

4. 5부部 주2 참조.
5. 후주後周의 무제武帝 남북조 시대南北朝時代 북주北周의 임금 우문옹宇文邕(재위 560~578)을 말한다. 당시 국력이 쇠한 북제北齊를 공략해 중국의 북방을 통일하여 국세를 크게 떨쳤다.
6. 배산拜山 요동의 지명으로 추정되나 구체적으로 어디인지는 미상. 『삼국사절요』三國史節要에는 '이산'肄山으로 되어 있다.

고구려 군대는 승세를 타고 기세를 떨쳐 공격하여 대승을 거두었다. 싸움을 마치고 공적을 평가하니 온달의 공을 으뜸이라 여기지 않는 이가 없었다. 왕은 가상히 여겨 감탄하며 말했다.

"이 사람은 나의 사위다."

왕은 예를 갖추어 온달을 사위로 맞이하고 대형[7] 벼슬을 내렸다. 이로부터 왕의 총애가 더욱 두터워져 온달의 위세가 날로 커져 갔다.

양강왕[8]이 즉위하자 온달이 아뢰었다.

"신라가 한강 북쪽의 우리 땅을 빼앗아 자기 땅으로 삼자 백성들이 원통해하고 한스러워하며 부모의 나라인 우리 고구려를 잊지 못하고 있습니다. 대왕께서 저를 불초하다 여기시지 않고 군사를 주신다면 제가 가서 우리 땅을 되찾아오겠습니다."

왕이 허락했다.

온달은 출정하기에 앞서 이렇게 맹세했다.

"계립현[9]과 죽령竹嶺 서쪽의 땅을 되찾지 못하면 돌아오지 않겠다."

온달은 마침내 출발하여 아단성[10] 아래에서 신라군과 전투를

7. **대형大兄** 고구려 9등급의 벼슬 중 제5품의 벼슬.
8. **양강왕陽岡王** 고구려 제26대 왕인 영양왕 嬰陽王(재위 590~618)을 말한다.
9. **계립현鷄立峴** 조령鳥嶺. 경상북도 문경시와 충청북도 괴산군 사이에 있는 고개.
10. **아단성阿旦城** 지금의 충청북도 단양군 영춘면에 있던 산성. 원문에는 '旦' (단)이 '且' (차)로 되어 있는데, 오기로 보인다. '아차성'은 서울특별시 광진구 광장동 아차산에 있던 산성이다.

벌이다 화살에 맞아 전사했다.

　온달의 장례를 치르려 하는데 관이 땅에 붙어 움직이지 않았다. 공주가 와서 관을 어루만지며 말했다.

　"생과 사가 결정되었으니, 아아, 돌아가십시오!"

　마침내 관을 들어 땅에 묻었다. 대왕은 이 소식을 듣고 몹시 비통해했다.

조신전

미상

옛날 경주가 서울이던 시절[1] 세달사[2]의 장원莊園이 명주[3] 나리
군捺李郡에 있었다. 세달사에서는 승려 조신調信을 파견하여 장원의
관리인으로 삼았다. 장원에 온 조신은 태수太守 김흔[4]의 딸에게
반하여 깊이 미혹되었다. 조신은 낙산사[5]의 관음보살 앞에 자주
나아가 사랑을 이루게 해 달라고 남몰래 빌었다. 그러나 두어 해
가 지나는 동안 그 여인은 다른 사람의 아내가 되고 말았다.

조신은 또 낙산사로 가서 관음보살이 자기 소원을 이루어 주지
않은 것을 원망하며 서글피 울었다. 울다 보니 어느새 날이 저물
었다. 조신은 마음이 고달프고 지쳐서 설핏 잠이 들었다. 꿈에 문

꿃꿃꿃꿃

1. 경주慶州가 서울이던 시절 신라시대를 말한다.
2. 세달사世達寺 신라 신문왕神文王(재위 681~692) 때인 681년에 창건된 절. 강원도 영월군 영월읍
   홍월리 태화산 서쪽에 있었다.
3. 명주溟州 지금의 강원도 강릉시 일대.
4. 김흔金昕 신라 신문왕 때의 인물.
5. 낙산사洛山寺 강원도 양양군 강현면 오봉산五峰山에 있는 절.

득 김씨 여인이 반가운 얼굴로 나타나 환히 웃으며 말했다.

"예전에 스님을 뵌 뒤 마음속으로 사랑하며 잠시도 잊은 적이 없지만, 부모님의 분부를 거역할 수 없어 억지로 다른 사람에게 시집을 가고 말았어요. 하지만 이제 스님과 한 무덤에 묻힐 부부의 연을 맺고 싶어 이렇게 왔어요."

조신은 뛸 듯이 기뻐하며 여인과 함께 고향으로 돌아갔다.

조신 부부는 40여 년을 함께 살며 자식 다섯을 두었지만, 집에는 사방 벽만 휑할 뿐 세간 하나 없고, 나물죽 따위의 변변찮은 음식조차 제대로 먹지 못했다.

마침내 조신 가족은 실의에 빠져 사방을 떠돌며 겨우 입에 풀칠을 하고 살았다. 이렇게 10년을 지내며 이 고을 저 고을을 유랑하다 보니 여기저기 기운 누더기 옷이 몸도 제대로 가리지 못할 지경이 되었다.

명주 해현[6]을 지나다가 열다섯 살 된 큰아이가 굶어 죽었다. 조신 부부는 통곡하며 시신을 거두어 길가에 묻었다. 그러고는 남은 네 아이를 데리고 우곡현[7]으로 가서 길가에 초가집을 짓고 살았다.

조신 부부는 늙고 병든 데다 굶주림까지 더해져 자리에서 일어

6. **해현蟹峴** 강릉에 있는 고개 이름.
7. **우곡현羽曲縣** 강원도 강릉과 삼척 사이에 있던 지명. 지금의 강원도 강릉시 옥계면玉溪面 일대.

날 수 없었다. 그리하여 열 살 된 딸아이가 돌아다니며 구걸을 했는데, 그러다가 마을의 개에게 물리고 말았다. 딸이 부모 앞에 누워 고통스럽게 비명을 지르자 부모는 한숨을 쉬며 주르르 눈물을 흘렸다. 아내는 목이 메어 눈물을 훔치고 있다가 갑자기 이렇게 말했다.

"당신을 처음 만났을 때 나는 얼굴도 예쁘고 나이도 젊었으며, 옷도 곱고 깨끗했어요. 맛있는 음식이 있으면 당신과 함께 먹었고, 약간의 옷감을 얻으면 당신과 함께 옷을 지어 입었지요. 50년을 함께 살며 깊은 정이 생겼고, 은의恩義와 사랑이 간절하니 참으로 두터운 인연이라 할 만해요.

하지만 몇 년 전부터 해가 갈수록 더욱 노쇠하여 병이 깊어지고, 날이 갈수록 굶주림과 추위가 더욱 혹독해지는군요. 이웃집에서는 마실 것조차 주려고 하지 않으며, 여러 집 문 앞에서 당한 수모가 산처럼 커요. 아이들이 추위와 굶주림에 시달려도 마땅한 대책을 마련하지 못하니 부부간에 사랑하는 마음이 어느 겨를에 생기겠어요?

젊은 날의 얼굴과 어여쁜 웃음은 풀잎 위 이슬처럼 덧없고, 난초처럼 고결한 약속은 바람에 날리는 버들개지처럼 부질없어졌어요. 당신에겐 내가 짐이 되고, 나는 당신 때문에 근심스러워해요. 가만히 생각해 보면 지난날 즐거웠던 시절이 모든 근심 걱정의 출발점이었어요. 당신과 내가 어쩌다 이 지경에 이르렀을까요? 새들이 무리 지어 함께 굶어 죽느니, 짝 잃은 난새가 거울에 비친 제 모습을 보고 슬피 우는 게 차라리 낫지 않을까요?[8] 형편이 좋으면 합하고 형편이 나빠지면 헤어지는 건 인정상 차마 못할 짓이지요. 하지만 사람의 일이란 인력으로 어찌할 수 없고, 만남과 헤어짐에는 정해진 운명이 있는 법이에요. 이제 헤어지기로 해요."

조신은 그 말을 듣고 매우 기뻐하며 각자 아이 둘씩을 데리고 떠나기로 했다. 아내가 말했다.

"나는 고향으로 갈 테니 당신은 남쪽으로 가세요."

아내와 헤어져 길을 떠나는 순간 조신은 꿈에서 깨어났다. 꺼져 가는 등불에서 희미한 빛이 새어 나오고 밤이 끝나 가고 있었다. 아침이 되어 보니 머리카락과 수염이 모두 하얗게 세어 있었다. 조신은 하릴없어 속세를 향한 마음이 조금도 없었다. 힘겨운 삶이 이미 진저리 나게 싫어져 백 년의 고생을 물리도록 맛본 것 같았다. 탐욕에 물든 마음이 얼음 녹듯 깨끗이 사라졌다. 그리하어 조신은 관음보살 앞에 부끄러워하며 참회해 마지않았다.

조신은 해현으로 가서 꿈속에서 큰아이를 묻었던 땅을 파 보았다. 그곳에는 돌미륵이 묻혀 있었다. 돌미륵을 깨끗이 씻어서 가

8. 새들이 무리 지어~낫지 않을까요 가족이 모두 굶주려 죽느니보다 부부의 이별을 택하는 게 낫다는 뜻. 짝 잃은 난새가 거울에 비친 제 모습을 보고 제 짝을 그리워해 슬피 울다 죽었다는 고사가 있다.

까운 절에 봉안했다.

조신은 서울로 돌아가 장원 관리인 직책에서 물러난 뒤 사재를 기울여 정토사淨土寺를 창건하고 선업善業을 힘써 닦았다. 그 뒤로 조신이 어떻게 살다 생을 마쳤는지는 알 수 없다.

최치원

미상

최치원崔致遠은 자字가 고운孤雲으로, 12세에 서쪽의 당나라로 유학을 갔다. 건부 갑오년[1]에 학사學士 배찬[2]이 관장한 과거 시험에서 단번에 장원급제한 뒤 율수 현위[3]에 임명되었다.

　　최치원이 율수현 남쪽 경계에 있는 초현관招賢館에 갔을 때의 일이다. 초현관 앞산에 오래된 무덤이 있었는데, 이름은 '쌍녀분'雙女墳으로 고금의 유명 인사들이 유람하던 곳이었다. 최치원은 쌍녀분 앞 석문石門에 다음과 같은 시를 썼다.

　　　어느 집 두 여인이 이 무덤에 묻혀

　　　쓸쓸한 저승에서 몇 번이나 봄을 원망했던가?

1. 건부乾符 갑오년 874년. '건부'는 당나라 희종僖宗의 연호.
2. 배찬裴瓚 당나라의 문신으로, 중서랑中書郎을 지냈다.
3. 율수 현위溧水縣尉 '율수현'은 중국 강소성江蘇省의 고을 이름. '현위'는 현령縣令을 보좌하여 치안을 담당하던 관직.

나의 그림자 시냇가 달빛 아래 부질없이 머무니

무덤 속 그대들의 이름 묻기 어렵네.

그윽한 꿈속에서 혹 마음을 허락하여

긴 밤에 나그네를 위로해 주면 어떠한가?

외로운 객관客館에서 사랑을 나눌 수 있다면

그대들과 함께 「낙신부」⁴를 이어 짓겠네.

　최치원은 시를 다 짓고 초현관으로 발길을 돌렸다.

　달 밝고 바람이 맑은 밤이었다. 지팡이를 짚고 천천히 걷고 있는데, 문득 한 여인이 보였다. 용모와 자태가 매우 아리따웠다. 여인은 손에 붉은 주머니를 들고 앞으로 와서 말했다.

　"팔랑八娘과 구랑九娘께서 수재⁵님께 말씀을 전하라고 하셨습니다. 아침에 수고로이 왕림하시어 주옥같은 시까지 주셨기에 두 아씨가 지은 답시答詩를 삼가 바칩니다."

　최치원이 쌍녀분에서 시 쓴 일을 생각하고는 깜짝 놀라 두 아씨의 성씨를 묻자 여인이 말했다.

　"아침에 덤불을 헤치고 바위를 쓸어 시를 쓰신 곳이 바로 두 아씨의 처소입니다."

4. 「낙신부」洛神賦 삼국시대 위나라 조식曹植이 지은 부賦. '낙신'은 낙수洛水에 빠져 죽어 그곳의 신이 되었다는, 복희씨伏羲氏의 딸 복비宓妃를 말한다.
5. 수재秀才 향시鄕試에 급제한 사람을 일컫는 호칭. 젊은 선비를 높여 부르는 말로도 쓴다.

최치원이 그제야 깨닫고 첫째 주머니를 열어 보니 팔랑이 자신
에게 바치는 시가 들어 있었다.

　　혼령이 품은 이별의 한 외로운 무덤에 부쳤어도

　　복사꽃 뺨과 버들잎 눈썹엔 여전히 봄이 깃들었네.

　　학을 타고 삼신산[6] 가는 길 찾기 어렵고

　　봉황 비녀는 구천九泉의 티끌 속에 부질없이 떨어졌네.

　　세상에 살던 때는 손님도 부끄러웠지만

　　오늘은 낯선 사람 보고 교태를 머금네.

　　내 마음 알아주신 시에 깊이 부끄러워

　　한 번 목을 빼 기다리며 상심하여라.

둘째 주머니를 열어 보니 구랑의 시가 들어 있었다.

　　오가는 이 그 누가 길가 무덤 돌아볼까

　　난새 거울[7]과 원앙 이불엔 먼지가 가득하네.

　　한번 죽고 사는 건 하늘의 운명

　　꽃이 피고 지는 건 세상의 봄.

꾸꾸꾸꾸

6. **삼신산**三神山　신선이 산다는 봉래산蓬萊山·방장산方丈山·영주산瀛洲山.

7. **난새 거울**　난새는 금슬이 좋은 새인데, 짝 잃은 난새가 거울에 비친 자기 모습을 보고 슬피 울다 죽
　　었다는 고사가 있다.

진나라 여인[8]이 속세 버린 일 바랐지만
임회[9]가 사람을 홀리기 좋아한 건 배우지 않았네.
양왕이 꾼 운우의 꿈[10] 드리고자 해
천 가지 만 가지 생각에 정신을 상하네.

또 그 뒤에 이렇게 썼다.

이름을 감춘 것 괴이하게 생각 마오
외로운 혼령이 속세 사람 두려워서니.
마음속 이야기 토로하고 싶거늘
잠시 만나기를 허락해 주실지?

최치원은 아름다운 시를 보고 자못 반가운 기색이었다. 편지를
가져온 여인의 이름을 묻자 "취금翠襟입니다"라고 대답했다. 최치
원이 여인에게 반해서 집적거리자 취금은 성내며 말했다.

꽃꽃꽃꽃

8. **진秦나라 여인** 춘추시대春秋時代 진나라 목공穆公의 딸 농옥弄玉을 말한다. 농옥은 통소를 잘 불
   었던 소사蕭史와 결혼했는데, 부부가 함께 신선이 되어 학을 타고 하늘로 올라갔다는 전설이 있다.
9. **임희任姬** 『태평광기』太平廣記에 실린 「임씨」任氏의 여주인공. 임희는 본래 여우였는데, 사람으로
   둔갑하여 정생鄭生과 동침했다.
10. **양왕襄王이 꾼 운우雲雨의 꿈** 춘추시대 초楚나라의 회왕懷王이 고당高唐의 양대陽臺에서 낮잠
    을 자다가 꿈에 무산巫山 신녀神女를 만나 운우지정雲雨之情을 나누었다는 전설이 있다. 그 뒤 초
    나라 양왕襄王이 다시 고당에 노닐며 회왕의 고사를 회고했다는 고사가 전한다.

"수재님은 답장을 써 주십시오. 공연히 남에게 누를 끼치지 마시고요."

그러자 최치원은 시를 지어 취금에게 주었다.

옛 무덤에 우연히 미친 시를 남겼거늘
선녀의 응답이 있을지 어찌 알았으리?
푸른 옷깃[11]에 옥 같은 아름다움 깃들었으니
붉은 소매[12]는 응당 옥수[13]의 봄을 머금었으리.
이름을 숨기고 속세 나그네에게 뜻을 전했거늘[14]
교묘하게 지은 시는 시인을 뇌쇄시키네.
애타는 마음으로 만나 뵙기를 원해
세상의 모든 신령께 기도하노라.

이어서 끝에다 이렇게 썼다.

청조[15]가 무단히 소식을 전하니
잠시 그리워하며 눈물 흘리네.

---

11. **푸른 옷깃** 취금翠襟을 말한다.
12. **붉은 소매** 팔랑과 구랑을 말한다.
13. **옥수玉樹** 신선 세계에 있다는, 옥으로 이루어진 나무.
14. **이름을 숨기고~뜻을 전했거늘** 맨 뒤에 쓴 시를 말한다.
15. **청조靑鳥** 신선 세계에서 소식 전하는 일을 한다는 새.

오늘 밤 만일 선녀 만나지 못한다면
남은 삶 잘라 버리고 지하에서 찾으리.

취금이 시를 받고 돌아가는데 바람처럼 빨리 사라졌다.

최치원은 홀로 서서 서글피 시를 읊조렸다. 오랫동안 소식이
없자 짧은 노래를 읊었다. 노래를 마칠 무렵 문득 향기가 느껴지
더니 한참 뒤에 두 여인이 나란히 나타났다. 한 쌍의 환한 옥이
아니면 두 줄기 상서로운 연꽃과 같았다. 최치원은 꿈이라도 꾸
는 양 뛸 듯이 기뻐서 인사하며 말했다.

"저는 바다 건너에서 온 미천한 선비요 속세의 말단 관리에 불
과하니, 선녀께서 저의 풍류를 돌아보아 주시리라 어찌 기대했겠
습니까? 농담을 해 본 것이었는데 여기까지 아름다운 발걸음을
옮겨 주셨습니다."

두 여인은 미소만 지을 뿐 말이 없었다. 이에 최치원은 시를 지
었다.

아름다운 밤에 잠깐의 만남 가졌거늘
저무는 봄날을 마주해 왜 말이 없는지?
진나부[16]를 알게 됐다고만 여겼지
본시 식부인[17]인 줄은 미처 몰랐네.

그러자 자주색 치마를 입은 여인(팔랑)이 화를 내며 말했다.

"담소를 나누고 싶어 왔는데 경멸을 받는군요. 식부인은 두 남편을 따랐지만 저는 한 남편도 섬긴 적이 없답니다."

최치원이 말했다.

"'이 사람은 말을 하지 않으면 모를까, 만일 말을 하면 꼭 맞는 말을 한다'[18]는 격이군요."

두 여인이 모두 웃었다. 최치원은 물었다.

"낭자들의 댁은 어디고, 가문은 어찌 되시는지요?"

자주색 치마를 입은 여인이 눈물을 흘리며 말했다.

"저와 동생은 율수현 초성향楚城鄕의 장씨張氏 집 딸입니다. 선친께서는 현縣의 관리는 아니었지만 고을 최고의 호족이어서 큰 부를 누리며 호사스럽게 사셨습니다.

제 나이 열여덟, 동생의 나이 열여섯이 되자 부모님이 혼사를 의논하시더니 저는 소금 장수와 약혼시키고, 동생은 차 매매상에게 시집보내기로 하셨어요. 우리 자매는 신랑감이 마음에 차지 않는다고 매번 말하며 울적한 마음을 펴지 못하다가 급작스레 요

---

16. 진나부秦羅敷 지조 있고 사랑스러운 여성으로 꼽히는 전국시대戰國時代 조趙나라의 미인. 조나라 왕이 길가에서 진나부를 보고 반하여 유혹했으나 진나부가 당당한 태도로 거절했다는 고사가 전한다.

17. 식부인息夫人 춘추시대 식息나라 군주의 부인. 초나라 문왕文王이 식나라를 멸하고 식부인을 아내로 삼자, 식부인은 두 남편 섬긴 것을 부끄러이 여겨 평생 말을 하지 않았다고 한다.

18. 이 사람은~말을 한다 『논어』論語 「선진」先進에서 공자孔子가 제자 민자건閔子騫에 대해 한 말.

절하기에 이르렀습니다. 바라건대 어질고 현명하신 군자께서는 의심하지 말아 주셔요."

"말씀이 분명하시거늘 무슨 의심이 있겠습니까?"

최치원은 그렇게 말하고 나서 두 여인에게 물었다.

"무덤에 깃든 지 오래고 초현관과 거리가 멀지 않으니 영웅호걸을 만나셨을 법한데 어떤 미담을 들려주실는지요?"

붉은 저고리를 입은 여인(구랑)이 말했다.

"오가는 사람은 모두 비루한 사내들뿐이었습니다. 지금 다행히 수재님을 만났는데 기운이 오산[19]처럼 빼어나시니 함께 심오한 이치에 대해 이야기할 수 있을 듯해요."

최치원은 술을 권하며 두 여인에게 말했다.

"속세의 음식을 세상 밖에 계시는 분들께 드려도 좋을지 모르겠군요."

자주색 치마를 입은 여인이 말했다.

"저희는 먹지 않고 마시지 않아도 굶주림과 목마름이 없답니다. 하지만 아름다운 분이 귀한 술을 주시니 어찌 감히 사양하겠습니까?"

그리하여 두 여인은 술을 마시고 저마다 시를 지었는데, 모두 지극히 청아하고 아름다워 세상에 없는 구절들이었다.

---

19. 오산鼇山 큰 자라의 등에 얹혀 있다는 바닷속의 산. 그 속에 신선이 산다고 한다.

때마침 달이 낮처럼 환하고 맑은 바람이 가을처럼 서늘히 불어오자 팔랑이 시령[20]을 제안했다.

"달을 제목으로 삼고 '바람 풍風' 자를 운자韻字로 삼아 볼까요."

그러자 최치원이 첫 연을 지어 읊었다.

눈에 가득한 금빛 물결이 창공에 떠오르매
천 리의 근심스러운 마음은 곳곳이 같네.

팔랑이 읊었다.

달은 옛길을 잃지 않고 가고
계수나무는 봄바람 기다리지 않고 꽃을 피웠네.

구랑이 읊었다.

둥근 달빛 3경 지나 점차 환해지니
바라다보며 이별 생각에 슬퍼하노라.

✿✿✿✿
20. **시령詩令** 사람들이 모인 자리에서 특정한 제목과 운韻을 내어 시를 짓게 하는 일.

최치원이 읊었다.

흰 명주 빛 펼쳐질 때 비단 휘장이 또렷하고
아름다운 나무에 비친 빛이 창문까지 뻗치네.

팔랑이 읊었다.

인간 세상 멀리 떠나 애간장이 끊어지고
지하에 외로이 묻혀 원한이 끝이 없네.

구랑이 읊었다.

부럽구나, 항아[21]는 계교가 많아
향기로운 규방 버리고 달나라로 갔지.

최치원은 두 여인의 시를 듣고 몹시 감틴하더니 이윽고 말했다.
"이런 날 피리 연주나 노래가 없으면 이 성대한 모임을 제대로
마칠 수 없겠습니다."

꽃꽃꽃

21. **항아姮娥** 달나라의 선녀. 요堯임금 때 활 잘 쏘는 예羿가 서왕모西王母에게 불사약不死藥을 청해
서 받았는데, 예의 아내인 항아가 이를 훔쳐 달나라로 갔다는 전설이 있다.

그러자 붉은 저고리를 입은 여인이 여종 취금을 돌아보며 최치원에게 말했다.

"현악기는 관악기만 못하고 관악기는 사람의 노랫소리만 못하지요. 이 아이가 노래를 잘한답니다."

이에 「소충정」[22]이라는 노래를 부르게 하자 취금은 옷깃을 여미고 노래를 불렀다. 청아하여 세상에 견줄 데 없는 노랫소리였다.

얼마 뒤 세 사람이 기분 좋게 취하자 최치원이 두 여인을 꾀어 말했다.

"노충[23]은 사냥을 나갔다가 문득 좋은 인연을 만났고, 완조[24]는 신선을 찾아갔다가 훌륭한 배필을 얻었다는 고사를 들었습니다. 우리들의 아름다운 정이 이토록 깊어졌으니 좋은 인연을 맺도록 합시다."

두 여인이 모두 승낙하며 말했다.

"순이 임금이 되자 두 여인이 곁에서 모셨고,[25] 주유[26]가 장군

---

22. 「소충정」訴衷情 당나라 교방敎坊에서 연주하던 곡 이름. 소충정은 '충정을 하소연한다'는 뜻.
23. 노충盧充 한나라 때의 인물로, 최소부崔少府의 딸 무덤가에서 사냥하다가 그녀의 영혼과 결혼하여 함께 살며 아들을 낳았다는 고사가 있다.
24. 완조阮肇 후한後漢 때 사람으로, 유신劉晨과 함께 천태산天台山에 약초를 캐러 들어갔다가 두 여인을 만나 즐겁게 지내고 집에 돌아오니 그동안 세월이 흘러 자손이 7대째나 내려갔더라는 고사가 있다.
25. 순舜이 임금이~곁에서 모셨고 순임금이 요임금의 두 딸인 아황娥皇과 여영女英을 한꺼번에 아내로 맞이한 일을 말한다.
26. 주유周瑜 삼국시대 오吳나라의 장군. 적벽대전 때 조조曹操의 대군을 격파하였다.

이 되자 두 여인이 그를 따랐습니다. 옛날에도 그런 일이 있었거늘, 지금인들 왜 그럴 수 없겠습니까?"

최치원은 의외의 반응에 몹시 기뻐했다. 새 이부자리를 깔고 깨끗한 베개 셋을 나란히 놓은 뒤 세 사람이 한 이불에 누웠다. 세 사람이 나눈 곡진한 정은 이루 다 말할 수 없을 정도였다. 최치원은 두 여인에게 농담을 건넸다.

"규방에서 황공[27]의 사위가 되지 못하더니 무덤 옆에서 진씨의 여종[28]을 양옆에 데리고 있게 되었군요. 무슨 인연으로 이런 만남을 얻었는지 모르겠소이다."

언니가 시를 지어 읊었다.

이 말 듣고 그대가 어질지 못함을 알겠어라
인연 따라 여종하고나 자는 게 좋겠네.

동생이 그 뒤를 이어 읊었다.

무단히 바람둥이에게 시집갔다가

❧❧❧❧

27. **황공黃公** 춘추시대 제齊나라 사람. 평소에 겸손하여 자기의 두 딸이 못났다고 말했으므로 아무도 장가들려 하지 않았으나, 위衛나라의 한 홀아비가 장가들어 보니 황공의 두 딸이 천하의 절색이었다는 고사가 있다.

28. **진씨陳氏의 여종** 『태평광기』太平廣記에 실린 「진랑비」陳朗婢의 여주인공. 죽은 뒤 무덤 속에서 다시 살아났다.

62

경솔한 말로 지상선[29]이 욕을 당했네.

최치원이 답시를 지어 읊었다.

오백 년 만에 비로소 좋은 사람 만나
오늘 밤 그대들과의 잠자리 즐거웠소.
미친 나그네 가까이했다 의심 마오
마침 춘풍에 적선謫仙과 인연 맺은 거니.

잠시 후에 달이 지고 닭이 울었다. 두 여인은 깜짝 놀라 최치원에게 말했다.

"즐거움이 지극하면 슬픔이 도래하며, 헤어짐이 길고 만남이 짧은 것은 인간 세상의 귀한 사람이든 천한 사람이든 누구나 마음 아파하는 일이지요. 더구나 생사의 길이 다르고 이승과 저승이 달라, 저희는 언제나 환한 대낮을 부끄러워하며 꽃다운 시절을 헛되이 보냈어요. 겨우 하룻밤 즐거움을 얻은 것이 이제 천년의 한이 되고 말았으니, 처음에는 함께 밤을 보낸 행운에 기뻤지만 별안간 기약 없는 만남이 되고 보니 한숨이 나옵니다."

두 여인은 각각 최치원에게 시를 지어 주었다.

---

29. **지상선地上仙** 지상에 거주하는 신선.

북두칠성 옮겨 가고 물시계도 다했는데
이별을 말하려니 눈물이 쏟아지네.
이제 천년의 한이 맺혀
한밤의 즐거움 다시 찾을 길 없네.

기운 달빛 창에 비쳐 붉은 뺨 차갑고
소매에 부는 새벽바람에 푸른 눈썹 찡그리네.
그대 떠나는 걸음마다 애가 끊어져
비와 구름 흩어져 돌아가니 꿈에서도 보기 어렵겠네.

최치원은 시를 보고 저도 모르게 눈물을 흘렸다. 두 여인은 최치원에게 말했다.

"훗날 이곳에 다시 오시거든 황량한 무덤을 돌봐 주세요."

말을 마치자마자 두 여인은 사라졌다.

이튿날 아침 최치원은 무덤가에 가서 서성이면서 시를 읊조리며 더욱 탄식해 마지않더니 긴 노래를 지어 스스로를 위로했다.

풀 어둡고 침침한 진토塵土의 쌍녀분雙女墳
예로부터 이름난 그 자취 누가 들었나?
광야에 뜬 천추千秋를 비친 달에 상심하며
무산[30]의 두 조각 구름 속에 부질없이 둘러싸여 있네.

웅대한 재주로 이역 땅 관리 노릇 한스러워

어쩌다 외로운 객관에 와 그윽한 곳을 찾았네.

장난삼아 석문에 시를 썼더니

선녀가 감동하여 밤을 틈타 찾아왔네.

붉은 비단 소매, 자주색 비단 치마

자리에 앉으니 향기가 풍겨 오네.

푸른 눈썹 붉은 뺨은 속세를 벗어났고

술 마시는 자태며 시정詩情이 빼어나기 그지없네.

지는 꽃 마주하고 좋은 술 기울이며

둘이 추는 묘한 춤 섬섬옥수 드러나네.

미친 마음 어지러워 부끄러운 줄도 모르고

꽃다운 마음 허락하실지 탐색하였네.

미인의 안색 오랫동안 침울하여

반은 웃음 머금고 반은 눈물 머금었네.

친숙해지니 절로 마음이 불같아져

30. **무산**巫山 중국 사천성 무산현巫山縣 동남쪽에 있는 산 이름. 초楚나라 회왕懷王의 꿈에 이 산의
    신녀神女가 나타나 자기는 아침에는 구름이 되고 저녁에는 비가 된다고 말한 후 잠자리를 함께했
    다는 전설이 있는바, '운우지몽'雲雨之夢이라는 말이 여기서 유래한다.

최치원 _ 65

발그레한 뺨 정녕 흠뻑 취했네.

아름다운 시로 기쁨을 나누니
꽃다운 밤 좋은 만남은 전생의 인연일세.
사도온[31]의 맑은 이야기 듣고
반첩여[32]의 고아한 시도 보았네.

정이 깊고 마음이 가까워져 사랑을 구하니
때는 화창한 봄날 복사꽃 피는 시절.
밝은 달은 잠자리의 은정恩情을 더하고
향기로운 바람은 비단결 같은 몸을 잡아끄네.

비단결 같은 몸, 잠자리의 은정
즐거움 다하기 전에 이별의 근심이 도래하네.
남은 노래 몇 마디에 외로운 넋 끊어지고
꺼져 가는 등불 하나 두 줄기 눈물 비추네.

새벽하늘 동東과 서西로 난새와 학 날아가니

꧁꧂꧃꧄

31. **사도온謝道韞** 진晉나라 사안謝安의 조카딸로, 재주가 빼어나고 말을 잘했다.
32. **반첩여班婕妤** 전한前漢 성제成帝의 후궁으로, 재주가 빼어나고 시를 잘 지었다.

홀로 앉아 이 모든 일 꿈인가 생각하네.

가만히 생각하니 꿈인가 싶다가도 꿈이 아닌지라

근심스레 하늘로 돌아가는 아침 구름[33] 바라보네.

말은 길게 울며 갈 길을 바라보는데

미친 나그네는 옛 무덤을 다시 찾네.

아름다운 그 모습 만나지 못하고

아침 이슬 맺힌 꽃가지만 뵈네.

애간장이 끊어져 고개 자주 돌려 보지만

적막한 저 무덤 그 누가 열어 줄까?

말 멈추고 바라보며 한없는 눈물 흘리나니

채찍 드리우고 시 읊는 곳마다 슬픔이 남아 있네.

저문 봄날의 바람, 저문 봄날의 해

버들꽃 어지러이 날리며 센 바람 맞이하네.

나그네 마음은 언제나 봄빛이 원망스럽거늘

하물며 이별하여 임을 그리는 마음에랴.

❧❧❧❧

33. **아침 구름** 무산巫山의 신녀神女가 아침에는 구름이 되고 저녁에는 비가 된다고 말했다는 고사를
염두에 두고 쓴 말.

인간 만사 시름겹기도 하지

툭 트인 길인가 했더니 또 길을 잃었네.

풀에 묻힌 동작대[34]는 천고의 한이요

꽃이 핀 금곡[35]은 하루아침의 봄.

완조와 유신[36]은 평범한 사람이고

진시황과 한무제[37]도 신선의 자질은 아니었지.

당시의 아름다운 만남 아득하여 좇기 어렵나니

후대에 전하는 명성에 서글퍼할 뿐.

문득 왔다가 훌쩍 가 버리니

비바람처럼 주인이 없네.

내가 여기 와 두 여인 만난 일은

그 옛날 양왕襄王이 꾼 운우의 꿈과 같네.

대장부여, 대장부여!

씩씩한 기상으로 여인의 한 풀어 주고

여우 요괴에 연연하는 마음일랑 갖지 말기를.

꽃꽃꽃꽃

34. **동작대銅雀臺** 조조가 쌓은 누대樓臺로, 이곳에 연회를 베풀어 질탕하게 놀았다고 한다.

35. **금곡金谷** 진晉의 부호 석숭石崇의 정원인 금곡원金谷園을 말한다. 하남성河南省 낙양洛陽에 있었다.

36. **완조阮肇와 유신劉晨** 주24 참조.

37. **진시황秦始皇과 한무제漢武帝** 두 사람 모두 장생불사長生不死를 희구했다.

68

그 뒤 최치원은 과거에 급제한 후 고국으로 돌아갔는데, 도중에 이런 시를 지었다.

뜬세상 영화는 꿈속의 꿈일지니
흰 구름 깊은 곳에 내 몸을 둠이 좋겠네.

이윽고 최치원은 벼슬에서 물러나 세상 밖에 숨어 살며, 산과 숲과 강과 바다로 승려를 찾아다녔다. 작은 집을 짓거나 석대[38]를 찾아가 책을 읽거나 자연을 노래하며 세월을 보냈다. 남산 청량사,[39] 합포현 월영대,[40] 지리산 쌍계사,[41] 석남사[42]의 묵천석대[43]에 모란을 심었는데 지금도 남아 있으니, 모두 그 노닌 흔적들이다. 최후에는 가야산 해인사海印寺에 은둔하여 친형인 고승高僧 현준賢俊 및 남산의 승려 정현定玄과 불경을 탐구하며 마음을 도에 부쳐 노닐다가 생을 마쳤다.

---

38. **석대石臺** 너럭바위나 높은 바위를 말한다.
39. **남산南山 청량사淸涼寺** '남산'은 가야산 남쪽에 있는 산으로, 홍류동 계곡을 사이에 두고 가야산과 마주 보고 있다. 매화산梅花山이라고도 한다. '청량사'는 이 산 동쪽 기슭에 있는 절이다.
40. **합포현合浦縣 월영대月影臺** '합포현'은 지금의 경상남도 마산·창원 일대. '월영대'는 지금의 경상남도 마산시 월영동 경남대 입구 자리에 있던 누대 이름.
41. **쌍계사雙溪寺** 이 절에 있는 진감국사비眞鑑國師碑 비문을 최치원이 지었다.
42. **석남사石南寺** 울산광역시 울주군 상북면 가지산迦智山 기슭에 있는 절.
43. **묵천석대墨泉石臺** 석남사 부근에 있던 석대로 추정된다.

설
씨

김부식

설씨薛氏는 율리[1]의 여염집 여자다. 한미한 가문에 친척도 드문 집안이었지만 용모가 단정하고 지조와 행실이 곧아서 보는 사람마다 흠모해 마지않았으되 감히 범접하지 못했다.

진평왕[2] 때 설씨의 연로한 아버지가 정곡[3]으로 변경 수비를 하러 나가게 되었다. 설씨는 노쇠하고 병든 아버지를 차마 먼 곳으로 떠나보낼 수 없었다. 자신은 여자의 몸이라 아버지의 임무를 대신할 수 없음을 한탄하며 근심에 잠겨 있을 따름이었다.

사량부[4]의 젊은이 가실嘉實은 가난하지만 뜻이 올곧은 사내였다. 가실은 예전부터 설씨를 좋아했지만 감히 말하지 못하고 있었다. 그러던 차에 설씨가 연로한 아버지가 수자리 살러 감을 걱

※ ※ ※ ※

1. **율리栗里** 지명. 어딘지는 미상.
2. **진평왕眞平王** 신라 제26대 왕. 재위 579~632년.
3. **정곡正谷** 지명. 어딘지는 미상.
4. **사량부沙梁部** 신라 6부部의 하나. 신라 초기 6촌村의 하나인 고허촌高墟村이 행정구역의 명칭으로 바뀐 것이다.

정한다는 소문을 듣고 마침내 설씨에게 청했다.

"저는 비록 나약한 사내지만 늘 의지와 기백이 있다고 자부해 왔습니다. 춘부장의 군역을 제가 대신하고 싶습니다."

설씨는 몹시 기뻐하며 안으로 들어가 아버지에게 이 소식을 알렸다. 설씨의 아버지는 가실을 불러 보고 말했다.

"그대가 내 군역을 대신하려 한다는 말을 들으니 기쁨과 두려움을 이기지 못하겠소. 보답하고자 하니, 그대가 어리석고 누추하다 여겨 버리지 않는다면 내 어린 딸을 그대에게 시집보내 시중들게 하고 싶소."

가실은 두 번 절하고 말했다.

"감히 바랄 수 없는 일입니다만 참으로 제 소원이었습니다."

가실이 물러나와 혼례일을 정하자고 하자 설씨가 말했다.

"혼인은 인륜대사라 급작스레 치를 수 없습니다. 제가 이미 마음을 허락했으니 죽어도 변치 않을 거예요. 변경에 가셨다가 교대해서 돌아오신 뒤에 길일을 가려 혼례를 올려도 늦지 않습니다."

설씨는 거울을 반으로 잘라 한 조각씩 나눠 갖고 말했다.

"이 거울이 신표信標가 되리니 훗날 합치도록 해요."

가실에게는 말 한 필이 있었다. 그는 설씨에게 말을 주며 당부했다.

"이 말은 천하의 명마인데, 훗날 반드시 쓸 일이 있을 겁니다.

이제 내가 떠나면 이 말을 돌봐 줄 사람이 없으니 여기 두고 이용하도록 하세요."

마침내 가실은 작별하고 떠났다.

마침 나라에 변고가 생겨 변경의 군인들을 교대하지 못하게 했다. 6년이 지나도록 가실이 돌아오지 않자 설씨의 아버지가 딸에게 말했다.

"처음에 3년을 돌아올 기한으로 삼았는데, 벌써 그 기한이 넘었구나. 다른 집안에 시집가는 게 좋겠다."

설씨는 말했다.

"예전에 아버지를 편안하게 해 드리기 위해 가실과 혼약을 맺었고, 가실은 그 약속을 믿었기 때문에 군대에 나가 몇 년 동안 굶주림과 추위 속에서 온갖 고생을 다하고 있습니다. 더구나 적의 땅과 가까운지라 손에서 무기를 놓지 못하고 있으니 마치 호랑이 입 앞에서 잡아먹힐까 항상 두려워하고 있는 형국입니다. 사정이 이러한데 신의를 버리고 약속을 지키지 않는다면 어찌 인정에 어긋나는 일이 아니겠습니까? 결코 아버지의 명을 따를 수 없으니 다시는 그런 말씀 말아 주십시오."

그러나 설씨의 아버지는 늙어서 사리분별이 어두워지다 보니 한창 나이의 딸이 짝이 없어서는 안 된다고 생각해 억지로 시집 보내려고 했다. 그래서 몰래 마을 사람과 약혼해 두고 날짜를 정해서 그 사람을 집으로 오게 했다. 설씨는 혼인을 완강히 거부하며 몰래 달아나려 했지만 차마 실행에 옮기지는 못했다. 마구간에 가서 가실이 남겨 두고 간 말을 보며 한숨을 크게 내쉬고 눈물을 흘렸다.

그때 가실이 임무를 교대하고 돌아왔다. 삐쩍 마른 몸에 남루한 옷을 입어 설씨 집안사람들 누구도 가실을 알아보지 못하고 다른 사람이라고만 여겼다. 가실이 곧장 앞으로 나와 거울 반쪽을 던지자 설씨가 거울을 주워 들고 울부짖었다. 설씨의 아버지와 집안사람들도 뛸 듯이 기뻐했다. 마침내 며칠 후 다시 만나기로 약속했으며, 둘은 혼인하여 백년해로하였다.

연화부인

이거인

신라시대 명주[1]는 동원경東原京으로 불리었다. 당시 왕자나 왕실의 친인척, 장군이나 재상 혹은 대신大臣을 유후관[2]이라는 직책에 임명해 동원경의 모든 일을 관장하고 예하 군현의 관리 인사를 전담하게 했다.

왕의 아우 무월랑[3]이라는 이가 어린 나이에 유후관의 임무를 맡아 동원경을 다스리게 되었다. 무월랑은 보좌하는 이에게 유후관의 직무를 대신 돌보게 하고, 자신은 화랑도를 거느리고 산수 간에 노닐었다.

무월랑이 하루는 홀로 '연화봉'[4]이라는 곳에 올라갔다. 매우 아름다운 처녀가 석지[5]에서 빨래를 하고 있었다. 무월랑이 반해

---

1. **명주溟州** 지금의 강원도 강릉시 일대.
2. **유후관留後官** 신라 때 동원경에 둔 벼슬. 고려 때의 유수留守에 해당한다.
3. **무월랑無月郎** 태종무열왕의 5대손인 김유정金惟靖을 말한다. 훗날 각간角干에 올랐다.
4. **연화봉蓮花峰** 강릉시 남대천南大川 남쪽에 있던 별연사鼈淵寺의 뒷산 이름.
5. **석지石池** 강릉시 한송정寒松亭 근처에 있던 못 이름.

서 치근대자 여인이 말했다.

"저는 사족士族이라 예를 갖추지 않고 혼인할 수 없습니다. 낭군께서 아직 혼인하시지 않았다면 혼약을 맺은 다음 혼례 절차를 갖추어 저를 맞이하셔도 늦지 않습니다. 저는 이미 낭군께 몸을 허락했으니 맹세코 다른 사람에게 시집가지 않겠습니다."

무월랑은 여인의 말에 따르기로 했다. 그 뒤로 안부를 묻고 선물을 보내는 일이 끊이지 않았다.

무월랑이 임기를 마치고 계림⁶으로 돌아간 뒤 반년 동안 소식이 끊겼다. 여인의 아버지는 북평⁷ 사람에게 딸을 시집보내려고 혼례 날짜를 잡았다. 여인은 부모에게 감히 말하지 못하고 속으로만 근심하다가 자살하기로 결심했다.

하루는 연못 앞에서 지난날 무월랑과 나눈 맹세를 회상하다가 연못에 기르던 금잉어에게 말했다.

"옛날 잉어 한 쌍이 편지를 전했다는 이야기⁸가 있는데, 너는 그동안 내 보살핌을 많이 받았으니 낭군께 내 마음을 전해 줄 수 있겠니?"

꿈꿈꿈꿈

6. **계림鷄林** 경주의 별칭.
7. **북평北坪** 강원도 동해시에 있던 옛 지명.
8. **잉어 한 쌍이 편지를 전했다는 이야기** 연인이 보낸 한 쌍의 잉어를 받았는데 그 뱃속에 편지가 들어 있었다는 내용이 한나라 때의 악부樂府 「만리장성 굴에서 말에게 물을 먹이다」飲馬長城窟行에 보인다.

그러자 한 자 반쯤 되는 금잉어가 갑자기 연못가로 펄쩍 뛰어 올라 마치 승낙한다는 듯이 입을 벌리는 것이었다. 여인은 이상한 일이다 싶어서 옷소매를 찢어 편지를 썼다.

> 감히 약속을 저버릴 수 없습니다만 부모님의 분부를 거스르지 못할 형편에 이르렀습니다. 낭군께서 맹세를 저버리지 않고 아무 날까지 오신다면 인연을 이룰 수 있습니다. 그렇지 않으면 저는 자결하여 낭군을 따르겠습니다.

여인이 잉어 입안에 편지를 넣은 뒤 대천[9]으로 가서 잉어를 놓아 주자 잉어가 유유히 헤엄쳐 갔다.

이튿날 새벽에 무월랑은 관리를 알천[10]으로 보내 고기를 잡아 오게 했다. 관리가 횟감을 찾는데 갈대숲 사이에 한 자쯤 되는 금잉어가 있었다. 관리가 금잉어를 잡아 무월랑에게 보이자 잉어는 펄쩍 뛰어오르며 뭔가 호소할 말이 있는 듯해 보였다. 이윽고 잉어가 거품을 한 되쯤 토했는데, 그 속에 편지가 있었다. 이상한 일이라 여기며 읽어 보니 바로 여인의 편지였다. 무월랑은 즉시 편지와 잉어를 가지고 가서 왕에게 사정을 고했다. 왕은 몹시 기

---

9. **대천**大川 남대천南大川. 강릉을 거쳐 동해로 흘러 들어가는 강.
10. **알천**閼川 경주에 있던 하천 이름.

이하게 여기고 잉어를 궁궐 연못에 풀어 주는 한편 대신 한 사람에게 예단을 준비해서 무월랑과 함께 동원경으로 급히 말을 달려가도록 분부했다.

무월랑은 하루에 이틀 갈 길을 가서 여인이 말한 날짜에 간신히 맞출 수 있었다. 도착해 보니 유후관 이하 여러 관리와 명주 고을의 원로들이 모두 천막에 모여 있고, 푸짐한 잔칫상이 차려 있었다. 문지기는 무월랑이 온 것을 괴이하게 여겨 큰 소리로 소식을 알렸다.

"무월랑께서 오셨습니다!"

유후관이 맞이하러 나와 보니 대신이 무월랑을 수행하고 있었다. 마침내 그동안의 사정을 자세히 알려 주는데, 이때 북평에서 신랑이 도착하자 대신은 급히 사람을 시켜 못 들어오게 막았다.

여인은 혼례일 하루 전부터 병을 핑계 대고는 세수도 하지 않고 머리도 빗지 않았다. 여인의 어머니는 아무리 강요해도 듣지 않자 딸을 나무라기도 하고 타이르기도 하는 참이었다. 그때 무월랑이 왔다는 소식이 들려왔다. 여인은 별안간 자리에서 일어나 단장을 하고는 옷을 갈아입고 나와 혼례를 올렸다. 고을 사람들이 모두 경탄하며 신기하게 여겼다.

부인은 아들 둘을 낳았는데, 장남은 김주원[11]이고, 차남은 경신왕[12]이다. 신라 왕[13]이 후사 없이 세상을 뜨자 나라 사람들은 모두 주원이 왕위를 잇기를 기대했다. 그러나 그날 큰비가 내려 알천 물이 갑자기 불어났다. 주원이 알천 북쪽에 머무른 채 사흘 동안이나 강을 건너오지 못하자 재상은 말했다.

"하늘의 뜻이다."

마침내 김경신을 왕으로 세웠다.

주원은 왕이 되어 마땅했지만 왕이 되지 못했기 때문에 강릉에 봉토를 받아 주위 여섯 읍을 다스리며 명주군왕溟州郡王이 되었다. 부인은 주원에게 가서 봉양을 받으며 그 집을 절로 만들었고, 경신왕은 1년에 한 번씩 와서 어머니를 뵈었다. 그 뒤로 4대를 이어 내려가서 나라가 없어져 명주가 되면서 신라가 망했다.

꒰ꔫ꒱

11. **김주원金周元** 신라 제36대 혜공왕惠恭王(재위 765~780) 때 시중侍中을 지냈고, 훗날 명주군왕溟州郡王에 봉해져 강릉 일대를 독립적으로 다스렸다. 강릉 김씨의 시조이다.

12. **경신왕敬信王** 신라 제38대 원성왕元聖王(재위 785~798) 김경신金敬信을 말한다. 『삼국사기』에는 김경신과 김주원이 숙질간이며, 김경신의 모친은 계오부인繼烏夫人 박씨로 되어 있다.

13. **신라 왕** 제37대 선덕왕宣德王(재위 780~785)을 말한다.

백운과 제후

미상

신라 왕이 백운白雲, 제후際厚, 김천金闡 세 사람에게 벼슬 3등급을 특진시키는 은혜를 내렸다.

한 마을에 높은 관리 두 사람이 살았는데, 같은 시각에 아들과 딸을 낳았다. 아들의 이름은 백운이고, 딸의 이름은 제후였다. 두 집안은 훗날 두 아이를 혼인시키기로 약속했다.

백운은 열네 살에 화랑이 되었으나 열다섯 살에 눈이 멀었다. 그러자 제후의 부모는 혼약을 깨고 무진[1] 태수 이교평李俊平에게 딸을 시집보내기로 했다. 제후는 무진으로 출발하면서 은밀히 백운에게 말했다.

"저는 당신과 한시에 태어나 부부가 되기로 약속한 지 오랩니다. 지금 부모님께서 예전의 약속을 어기고 새로 혼약을 맺으셨으니, 부모님의 분부를 거역하면 불효를 짓는 일이요, 그렇다고

1. **무진茂榛** 무진茂珍, 곧 지금의 전라남도 광주光州를 말함.

무진으로 간다면 제가 어찌 죽음을 택하지 않을 수 있겠습니까?
당신이 신의가 있다면 부디 무진으로 저를 찾아와 주세요!"

두 사람은 굳게 맹세하고 헤어졌다.

제후는 무진으로 가서 이교평에게 말했다.

"혼인은 인륜의 시작이니 길일을 가려서 혼례를 올리지 않을
수 없습니다."

이교평은 그 말에 따랐다.

이윽고 백운이 무진에 도착하자 제후는 집을 나와 백운을 따라
갔다. 함께 산골짝 길로 숨어 다니다가 문득 도적을 만났다. 도적
은 백운을 위협해서 제후를 빼앗아 달아났다. 백운의 낭도郎徒 김
천은 용력이 남다르고 말타기와 활쏘기에 뛰어났다. 김천이 도적
을 추격해 죽인 뒤 제후를 되찾아 왔다.

이 일이 보고되자 왕은 말했다.

"세 사람의 신의가 참으로 드높구나."

그리하여 이러한 분부가 있었던 것이다.

김천

미상

김천金遷은 명주溟州(강릉)의 관리로, 어릴 때의 이름은 해장海莊이다. 고종[1] 말 몽골 군대가 고려를 침략했을 때 김천의 어머니와 아우 덕린德麟이 붙잡혀 포로가 되었다. 이때 김천은 열다섯 살이었는데, 밤낮으로 목 놓아 울다가 길에서 죽은 포로가 많다는 소식을 듣고는 삼년상을 치렀다.

14년이 흘렀다. 원나라에서 백호[2] 벼슬의 습성習成이라는 사람이 와서 사흘 동안 시장에서 명주 사람을 수소문하였다. 마침 강원도 정선 사람 김순金純이 이유를 묻자 습성이 말했다.

"동경[3]에 사는 김씨 여인이 '저는 본래 명주 사람으로, 해장이라는 아들이 있습니다'라고 하면서 나에게 편지를 전해 달라고 부탁했네. 자네는 해장을 아는가?"

ꭘꭘꭘꭘ

1. **고종高宗** 고려 제23대 왕. 재위 1213~1259년.
2. **백호百戶** 원나라의 하급 무관武官 관직 이름. 부하 병졸 100명을 거느렸다.
3. **동경東京** 요양遼陽을 가리킨다. 지금의 중국 요령성遼寧省 요양시遼陽市.

"내 친구요."

김순은 편지를 받아서 김천에게 가져다주었다. 편지 내용은 다음과 같았다.

나는 목숨을 건져 아무 고을 아무 동네 아무 집에 와서 종 노릇을 하고 있단다. 굶주려도 먹지 못하고 추위도 입지 못하며, 낮에는 밭에서 김을 매고 밤에는 방아를 찧는다. 이렇게 온갖 고생을 다 겪는다만 내가 죽었는지 살았는지 누가 안단 말이냐?

김천은 편지를 읽고 통곡했다. 밥상 앞에 앉을 때마다 목메어 울며 음식을 넘기지 못했다. 어머니의 몸값을 치르러 가고 싶지만 가난해서 돈이 없었다. 겨우 남의 돈을 빌려서 개경開京(개성)에 갔다. 어머니를 찾아 원나라에 가겠다고 하니 조정에서 허가해 주지 않아 돌아올 수밖에 없었다.

충렬왕[4]이 즉위하자 다시 원나라에 가기를 청했으나 조정의 방침은 전과 같았다. 오랫동안 개경에 머무는 동안 옷도 해지고 양식도 다 떨어졌다. 울적해하며 풀이 죽어 지내던 중 고향 사람인 승려 효연孝緣을 길에서 만났다. 김천이 울며 신세를 하소연하자

꽃꽃꽃꽃
4. **충렬왕**忠烈王 고려 제25대 왕. 재위 1274~1308년.

효연이 말했다.

"천호[5] 벼슬을 하고 있는 나의 형 효지孝至가 이번에 동경으로 가니 자네가 따라가는 게 좋겠네."

김천은 즉시 데려가 달라고 부탁했다.

어떤 이가 김천에게 말했다.

"자네가 어머니의 편지를 받은 지도 벌써 6년이 되었는데 어머니가 생존해 계실지 어찌 알겠나? 또 불행히 도중에 도적이라도 만난다면 목숨과 돈만 잃게 되는 게 아닐까?"

김천은 말했다.

"가서 어머니를 못 뵈면 못 뵈었지 어찌 내 목숨을 아낀단 말이오?"

마침내 효지를 따라 동경에 들어가서 고려의 역어별장[6] 공명孔明과 함께 북방 지역의 천로天老라는 이가 관할하는 마을로 가서 어머니의 소재를 수소문하였다. 요좌要左라는 군졸의 집에 이르자 한 노파가 나와서 인사하는데, 누더기 옷을 입고 봉두난발에 얼굴에는 때가 새까맣게 끼어 있었다. 김천은 앞에서 보고도 그 노파가 자기 어머니인 줄 알지 못했다. 공명이 노파에게 말했다.

"너는 누구냐?"

5. **천호千戶** 원나라의 하급 무관 관직 이름. 부하 병졸 1천 명을 거느렸다.
6. **역어별장譯語別將** 통역과 무역을 담당하는 임시 벼슬.

"저는 본래 명주의 호장[7] 김자릉金子陵의 딸로, 남매지간인 진사進士 김용문金龍聞은 과거에 급제했습니다. 저는 호장 김종연金宗衍에게 시집가서 해장과 덕린 두 아들을 낳았습니다. 덕린은 저와 함께 여기 온 지 벌써 19년이 되었는데, 지금은 서쪽 이웃의 천로 백호 집에서 종살이를 하고 있습니다. 오늘 고국 사람을 만나게 될 줄은 꿈에도 몰랐습니다."

김천은 그 말을 듣자 엎드려 절하며 눈물을 흘렸다. 김천의 어머니는 김천의 손을 잡고 울며 말했다.

"네가 진짜 내 아들이냐? 나는 네가 죽은 줄로만 알았다."

이때 군졸 요좌가 집에 없어 김천은 어머니의 몸값을 치르지 못하고 혼자 동경으로 돌아와 별장別將 수룡守龍의 집에 머물렀다. 한 달 뒤 김천이 수룡과 함께 요좌의 집에 다시 가서 몸값을 치르고 어머니를 모셔 가겠다고 했지만 요좌가 들어주지 않았다. 김천은 애걸하여 백금 55냥을 몸값으로 치른 뒤, 타고 온 말에 어머니를 태우고 자신은 걸어서 뒤를 따랐다. 덕린이 동경까지 전송하러 와서 울며 말했다.

"안녕히 가세요, 안녕히 가세요. 지금은 비록 함께 갈 수 없지만 하늘이 복을 내리신다면 분명 다시 만날 날이 있을 겁니다."

모자가 모두 울며 아무 말도 하지 못했다.

7. **호장戶長** 고을 향리의 우두머리.

그때 중찬[8] 김방경[9]이 원나라에서 돌아오는 길에 동경에 이르러 김천 모자를 보고는 칭찬하고 감탄해 마지않았다. 김방경은 총관부[10]에 말해서 두 사람을 역마에 태워 보내게 했다. 김천 모자가 명주 가까이에 이르렀다는 소식을 듣고 남편 김종연이 진부역[11]까지 마중을 나왔다. 마침내 부부가 상봉하니 기쁘기 그지없었다. 김천이 술 한 잔을 올리고 물러나 통곡하자 좌중에 있던 사람들이 모두 눈물을 흘렸다. 당시 김자릉은 79세였는데, 딸을 보고 기쁨이 극에 달한 나머지 졸도하고 말았다.

6년 뒤 천로의 아들이 덕린을 데리고 오자 김천은 백금 86냥으로 덕린의 몸값을 치렀다. 몇 년 뒤에 김천은 그동안 빌린 돈을 모두 갚고 아우 덕린과 함께 일생을 마칠 때까지 효도를 다했다.

---

8. **중찬中贊** 고려 때의 관직으로, 조선 시대의 정승에 해당한다.
9. **김방경金方慶** 생몰년 1212~1300년. 고려 후기의 무신으로, 상장군上將軍·도원수·중찬을 지냈다. 1276년(충렬왕 2)에 원나라에 사신으로 다녀온 바 있다.
10. **총관부摠管府** 원나라에서 변경 외지를 직접 통치하기 위해 설치한 관서 이름.
11. **진부역珍富驛** 강릉의 진부(지금의 강원도 평창군 진부면)에 있던 역.

●

『수이전』에 실린 글들

● 원광법사전

    원광법사圓光法師의 속성[1]은 설씨薛氏로, 왕경王京(경주) 사람이다. 승려가 되어 불법佛法을 배웠는데, 서른 살이 되자 고요한 곳에서 수도할 생각으로 삼기산[2]에서 홀로 살았다.

    4년 뒤 삼기산에 비구[3] 한 사람이 왔는데, 법사의 거처에서 멀지 않은 곳에 난야[4]를 따로 짓고 2년을 살았다. 비구는 사람됨이 굳세고 사나웠으며, 다라니[5] 익히기를 좋아했다. 법사가 밤에 홀로 앉아 불경을 외고 있을 때였다. 홀연 법사의 이름을 부르는 신神의 음성이 들렸다.

    "너는 수행修行을 잘하는구나, 잘해! 수행하는 자가 많기는 하

꽃꽃꽃꽃

1. **속성俗姓** 출가하기 전 속세에 있을 때의 성씨.
2. **삼기산三岐山** 경주 근방인 경상북도 월성군 안강읍 서남쪽에 있는 산.
3. **비구比丘** 불교에 귀의하여 구족계具足戒를 받은 남자 승려.
4. **난야蘭若** 절.
5. **다라니** 밀교密敎에서 숭상하는, 산스크리트어로 된 주술呪術.

지만 법식에 맞게 하는 사람은 드물지. 지금 네 이웃에 있는 비구를 보니 곧장 다라니를 익히고 있으나 얻는 것이 없을 것이다. 그 떠들썩한 소리가 남의 고요한 마음을 괴롭히고, 그 머무는 곳이 내 갈 길을 방해하여 매번 오갈 때마다 나쁜 마음이 자주 일어나는구나. 법사는 나를 위해 비구에게 거처를 좀 옮기라고 말해 달라. 그자가 오랫동안 거기 있으면 내가 혹 죄업罪業을 짓지 않을까 싶다."

이튿날 법사가 비구에게 가서 말했다.

"어젯밤에 내가 신의 말씀을 들었는데, 비구께서는 다른 곳으로 거처를 옮기는 게 좋겠습니다. 그렇게 하지 않으면 재앙이 있을 것이라 합니다."

비구가 대꾸했다.

"수행이 지극한 사람이 마귀에게 현혹당하다니, 법사는 왜 여우 귀신의 말을 걱정합니까?"

그날 밤에 신이 또 나타나 말했다.

"지난번에 내가 말한 일에 대해 비구가 뭐라 하던가?"

법사는 신이 노여워할까 두려워 이렇게 대답했다.

"아직 이야기를 다 끝내지 못했습니다. 그렇지만 힘써 말한다면 어찌 듣지 않겠습니까?"

"내가 벌써 다 들었거늘 법사는 왜 없는 말을 꾸미는가? 내가 무슨 일을 하는지 잠자코 보기 바란다."

신은 작별하고 떠났다.

그날 밤중에 천둥 치는 소리가 들렸다. 이튿날 보니 산이 무너져 비구가 머물던 난야가 묻혀 버렸다. 신이 또 나타나서 말했다.

"법사가 보니 어떻던가?"

"몹시 놀랍고 두려웠습니다."

"내 나이가 거의 3천 살이 다 되어 신통한 술법이 굉장하다. 이 정도는 아주 작은 일이거늘 무슨 놀랄 만한 게 있겠나. 나는 또 미래의 일에 대해 모르는 게 없고, 천하의 모든 일에 통달하지 않은 게 없다. 지금 생각해 보니 법사가 이곳에서만 지낸다면 자신을 이롭게 하는 수행은 이루겠지만 남을 이롭게 하는 공덕은 쌓지 못할 것 같다. 지금 명성을 높이 드날리지 못하면 미래에 승과[6]를 얻지 못할 것이다. 그러니 중국에서 불법을 배워 신라의 길 잃은 중생을 인도하는 게 어떻겠나?"

"중국에 가서 불법을 배우는 것이 본래 제 소원이었습니다만, 바닷길과 뭍길이 멀고 험해서 가지 못했을 따름입니다."

신은 중국으로 가는 방법과 중국에서 할 일을 자세히 일러 주었다. 법사는 신이 말해 준 대로 중국에 가서 11년 동안 머물며 삼장[7]에 널리 통달하고 유학儒學까지 아울러 배웠다.

꽃꽃꽃꽃

6. **승과勝果** 선업善業을 쌓은 데 따르는 훌륭한 결과. 수행으로 말미암아 도달하는 부처의 지위.
7. **삼장三藏** 불전佛典의 총칭. 즉, 부처의 설법을 모은 경장經藏, 계율을 모은 율장律藏, 경經을 풀이한 논장論藏 셋을 아울러 이르는 말.

진평왕 22년 경신년(600)에 법사는 신라로 돌아갈 계획을 세우고, 중국에 온 신라 사신을 따라 귀국했다. 법사는 신에게 사례하기 위해 예전에 머물던 삼기산의 절에 갔다. 밤중에 신이 또 와서 법사의 이름을 부르고 말했다.

"바닷길과 물길을 오가느라 얼마나 고생이 많았나?"

"신의 큰 은혜 덕분에 평안히 다녀왔습니다."

"나도 법사에게 계戒를 받겠노라."

그러고는 후생後生에 태어날 때마다 서로 구제해 주자는 약속을 했다.

법사가 청했다.

"신의 진짜 모습을 뵐 수 있겠습니까?"

"내 모습이 보고 싶으면 내일 동틀 녘에 동쪽 하늘가를 바라보라."

이튿날 법사가 동쪽을 바라보니 거대한 팔뚝이 구름을 꿰뚫고 하늘가까지 뻗어 있었다.

그날 밤 신이 또 와서 말했다.

"법사는 내 팔뚝을 보았나?"

"보았습니다. 몹시 놀랍고 신기했습니다."

이 일 때문에 세상에서는 삼기산을 비장산臂長山(긴 팔뚝 산)이라고도 부른다.

신이 말했다.

"지금은 비록 내 육신이 있지만 끝내 죽음을 면할 수는 없다. 머잖아 내 육신을 아무 고개에 버릴 것이니, 법사는 와서 멀리 떠나는 내 혼을 전송해 달라."

약속한 날에 가서 보니 옻칠한 것처럼 새까만 늙은 여우 한 마리가 숨을 헐떡거리다가 갑자기 숨을 거두었다.

법사가 중국에서 돌아오자 우리 조정(신라)의 임금과 신하들이 공경하고 존중하여 법사를 스승으로 삼으니, 법사는 늘 이들에게 대승경전大乘經典을 강의했다.

이때 고구려와 백제가 자주 변경을 침범하여 왕이 몹시 근심했다. 왕은 수隋나라에 군사를 청하고자 법사에게 구원병을 요청하는 글을 지어 달라고 부탁했다. 황제[8]가 그 글을 보고는 직접 30만 군사를 거느리고 와서 고구려를 쳤다. 이 일이 있은 뒤로 법사가 유학에도 두루 정통하다는 것이 세상에 알려졌다.

법사는 향년 84세로 입적入寂하였다. 장사 지낸 곳은 명활성[9] 서쪽이다.

❀❀❀❀

8. 황제   수隋나라 양제煬帝를 말한다.
9. 명활성明活城   경상북도 경주시 명활산明活山에 있던 산성.

● 탈해

용성국[1]의 왕비가 큰 알을 낳았다. 왕은 괴이하게 여겨 신하를 시켜 알을 작은 궤에 넣은 뒤 칠보[2] 및 문서와 함께 배에 싣고 노비를 태워 바다로 떠나 보냈다.

배가 아진포[3]에 이르렀다. 촌장 아진阿珍 등이 궤를 열어 보니 알이 나왔다. 그때 갑자기 까치가 날아와서 알을 쪼아 깨뜨리자 사내아이가 나왔다. 아이는 자기 이름이 '탈해'脫解라고 했다. 마을의 할머니가 탈해를 맡아 기르며 엄마 노릇을 했다.

탈해는 글공부를 해서 지리에 두루 정통했고, 영웅호걸의 외모를 지녔다. 하루는 토함산에 올라가 서라벌의 지세를 살펴보니

<hr>

1. **용성국龍城國** 『삼국사기』와 『삼국유사』에 실린 탈해왕 관련 기록에 의하면 용성국은 왜倭에서 동북쪽으로 2천 리 떨어진 곳에 있는 나라로, 다파나국多婆那國 혹은 정명국正明國·완하국琓夏國·화하국花廈國 등으로 불렸다.
2. **칠보七寶** 금·은·유리·진주·마노 등의 일곱 가지 귀한 보물.
3. **아진포阿珍浦** 『삼국유사』에는 경주 동쪽의 하서지촌下西知村에 있다고 했는데, 지금의 경상북도 경주시 양남면 하서리 부근으로 추정된다.

신월성[4] 터가 거처할 만했다. 그러나 그곳에는 호공[5]이라는 사람이 살고 있었다. 호공은 표주박을 타고 바다를 건너왔는데 어떤 사람인지는 자세히 알려지지 않았다. 탈해는 호공의 땅을 빼앗기 위해 계략을 꾸며 밤에 몰래 그 집 정원에 들어가 대장장이가 쓰는 연장을 묻어 놓았다. 그러고 나서 조정에 아뢰었다.

"저는 집안 대대로 대장장이 일을 해 왔습니다. 그런데 제가 잠깐 이웃 마을에 간 사이 호공이 제 집을 차지해 살고 있습니다. 이를 입증하게 해 주시기 바랍니다."

땅을 파 보니 과연 대장장이의 연장이 나왔다. 왕[6]은 탈해가 실은 계림[7] 사람이 아니라는 것을 알았으면서도 그의 비범함이 몹시 마음에 들어 탈해에게 그 집을 주고, 마침내 만공주를 탈해에게 시집보냈다. 용성국은 왜국倭國에서 동북쪽으로 2천 리 떨어진 곳에 있다.

❀❀❀❀

4. **신월성新月城** 신라의 왕성王城인 월성月城을 말한다.
5. **호공瓠公** 『삼국사기』「신라본기」에 의하면 호공은 본래 왜인倭人으로, 허리에 표주박〔瓠〕을 차고 바다 건너 신라로 왔으므로 '호공' 瓠公이라 불렸다고 한다.
6. **왕** 신라 제2대 왕인 남해왕南海王(재위 4~24)을 말한다.
7. **계림鷄林** 신라 혹은 경주의 다른 이름.

● 선덕여왕의 지혜

당나라 태종[1]이 모란 씨와 모란꽃 그림을 신라에 보냈다. 선덕여왕[2]은 모란꽃 그림을 보고 웃으며 좌우의 신하들에게 말했다.

"이 꽃은 요염하고 부귀한 모습을 지녀 꽃의 왕이라 불리지만 꽃 주변에 벌이나 나비가 없는 걸 보니 틀림없이 향기가 없을 거요. 황제가 이를 보낸 데에는 짐이 여자로서 어찌 왕이 되었느냐는 숨은 뜻이 있소."

모란 씨를 심어 꽃이 피자 과연 향기가 없었다.

---

1. **당나라 태종太宗** 당나라 제2대 황제. 재위 627~649년.
2. **선덕여왕善德女王** 신라 제27대 왕. 재위 632~647년.

영오와 세오

　동해 바닷가에 한 부부가 살았는데, 남편의 이름은 영오迎烏이고 아내의 이름은 세오細烏였다. 하루는 영오가 바닷가에서 해초를 따다 갑자기 바닷물에 휩쓸려 일본의 작은 섬나라에 이르러 왕이 되었다. 남편을 찾아 나선 세오 역시 바닷물에 휩쓸려 같은 나라에 가서 왕비가 되었다.

　이때 신라에 해와 달의 빛이 사라졌다. 천문天文을 담당하는 신하가 왕에게 아뢰었다.

　"영오와 세오는 해와 달의 정기精氣를 지니고 있는데, 두 사람이 지금 일본으로 떠났기에 이런 변괴가 생겼습니다."

　왕이 사신을 보내 두 사람에게 돌아와 달라고 하자 영오가 말했다.

　"내가 이 나라에 온 것은 하늘의 뜻이오."

　그러고는 세오가 짠 비단을 사신에게 주며 말했다.

　"이것으로 하늘에 제사를 지내면 될 것이오."

마침내 하늘에 제사 지낸 곳을 '영일'¹이라 하고, 그곳에 현縣을 설치했다. 신라 아달왕² 4년(157)의 일이다.

♣♣♣

1. **영일迎日** 지금의 경상북도 포항시 일대.
2. **아달왕阿達王** 신라 제8대 왕인 아달라왕阿達羅王(재위 154~184)을 말한다.

108

● 보개의 아들

　보개寶開는 우금방隅金坊이라는 고을에 사는 여인이다. 보개의 아들 장춘長春이 배를 타고 바다 건너로 장사를 떠났는데 1년이 넘도록 소식을 알 수 없었다. 보개는 민장사[1] 관음보살 앞에 나아가 기도했다. 기도한 지 7일 만에 장춘이 돌아와 어머니의 손을 잡자 보개는 놀랍고도 기뻐서 소리 내어 울었다. 절에 있던 사람들이 그동안의 곡절을 묻자 장춘이 말했다.

　"바다에서 폭풍을 만나 배가 다 부서졌습니다. 배에 함께 탄 사람들은 모두 물에 빠져 죽었지요. 저는 널빤지 하나를 타고 오吳 땅[2]에 이르렀습니다. 그곳 사람들은 저를 붙잡아 노예로 삼고는 밭을 갈게 했습니다. 그러던 어느 날 한 스님이 와서 말씀하셨습니다.

2%2%2%

1. 민장사敏藏寺　경주에 있던 절 이름.
2. 오吳 땅　중국 강소성江蘇省 일대.

'네 나라가 그리우냐?'

저는 바로 무릎을 꿇고 말했습니다.

'제게는 노모가 계시니 그리운 마음 한량없습니다.'

'어머니가 그립거든 나를 따라 오너라.'

그 말에 함께 길을 나섰습니다. 스님을 따라가다 보니 깊은 도랑이 있었습니다. 스님이 제 손을 잡고 도랑을 뛰어넘는데 꿈인 듯 아득하더니, 문득 신라 말소리가 들리고 우는 소리가 들리는 게 아니겠습니까. 꿈인 듯싶었지만 가만히 살펴보니 생시였습니다."

민장사의 승려가 장춘이 겪은 일을 자세히 보고하니, 나라에서 영험한 일을 기리기 위해 관음보살을 모신 곳에 재물과 땅을 내렸다.

장춘은 천보 4년 을유년³ 4월 8일 신시申時(오후 4시 무렵)에 오 땅을 떠나 그날 술시戌時(오후 8시 무렵)에 민장사에 도착한 것이다.

---

3. **천보天寶 4년 을유년** 서기 745년(신라 경덕왕 4). '천보'는 당나라 현종玄宗의 연호.

● 머리에 꽂은 석남 꽃가지

　신라 사람 최항崔伉은 자字가 석남石枏이다. 최항에게는 사랑하는 여인이 있었는데, 부모님의 금지 명령으로 몇 달 동안 만날 수 없었다. 그러던 어느 날 최항이 갑자기 죽었다. 8일 뒤 최항은 밤중에 여인의 집에 갔다. 여인은 최항이 죽은 줄도 모르고 뛸 듯이 기뻐하며 맞이했다. 최항은 머리에 꽂고 있던 석남[1] 꽃가지를 여인에게 나눠 주며 말했다.

　"부모님께서 당신과 함께 사는 걸 허락해 주셔서 왔소."

　최항은 여인과 함께 자기 집으로 돌아왔다. 그런데 최항이 먼저 담장을 넘어 집 안으로 들어간 뒤로 밤이 새도록 아무 소식이 없었다. 집안사람이 나와서 여인을 보고는 이곳에 온 이유를 물었다. 여인이 사정을 자세히 이야기하자 집안사람이 말했다.

　"항이 죽은 지 8일이 되어 오늘 장례를 지내려 하는데 무슨 괴

---

1. **석남石枏** 따뜻한 기후에서 자라는 식물로, 흰색이나 자색 꽃이 핀다.

이한 말인가?"

"낭군께서 머리에 꽂고 있던 석남 꽃가지를 제게 나누어 주셨으니, 이게 증거가 될 겁니다."

그리하여 관을 열어 보니 시신의 머리에 석남 꽃가지가 꽂혀 있고, 옷은 이슬에 젖었으며, 발에는 신발이 신겨 있었다. 여인은 최항이 죽었다는 사실을 알고 통곡하다가 혼절하려 했는데, 그때 최항이 다시 살아났다. 그 뒤 두 사람은 20년 동안 해로하고 생을 마쳤다.

• 개로 변신한 노인

  신라시대에 한 노인이 김유신金庾信의 집 앞에 이르렀다. 김유신은 노인의 손을 이끌고 함께 집 안으로 들어가 그에게 음식을 대접했다. 김유신이 노인에게 말했다.

  "지금도 예전처럼 변신을 하십니까?"

  그러자 노인은 호랑이로 변신했다가 닭으로 변신하고 또 매로 변신하더니 마지막에는 집에서 기르는 개로 변신해 밖으로 나갔다.

● 대나무 통 안에서 나온 미녀

　김유신이 서쪽 고을에 갔다가 서라벌로 돌아오던 때의 일이다. 길에 이상한 나그네가 앞서 걸어가는데 그 머리 위에 예사롭지 않은 기운이 있었다. 나그네가 나무 아래서 쉬자 김유신도 따라 쉬며 잠든 체했다. 나그네는 주변에 지나가는 사람이 없는 것을 확인하고는 품속에서 대나무 통 하나를 꺼내 흔들었다. 그러자 대나무 통 안에서 두 미녀가 나오더니 나그네와 함께 앉아 이야기를 나누는 것이었다. 미녀들이 다시 대나무 통 안으로 들어가자 나그네는 통을 품속에 간직하고 일어나 길을 떠났다. 김유신이 나그네를 따라가 말을 붙여 보니 나그네는 온화하고 기품 있는 말씨로 대답했다.

　두 사람은 함께 서라벌로 돌아왔다. 김유신은 나그네를 데리고 남산[1]으로 가서 소나무 아래에서 잔치를 베풀었다. 그러자 두 미

1. **남산南山**　경주 남쪽에 있는 산 이름.

녀도 나와서 자리를 함께했다. 나그네는 말했다.

　"저는 서해에 사는데 동해에 사는 여인들과 결혼했습니다. 그래서 지금 두 아내와 함께 장인·장모를 뵈러 가는 중입니다."

　이윽고 풍운이 일며 사방이 어두워지더니 나그네가 홀연 사라졌다.

• 불귀신이 된 지귀

　지귀志鬼는 신라 활리역[1] 사람이다. 지귀는 선덕여왕의 미모에
반해서 근심하며 우느라 모습이 초췌했다. 어느 날 선덕여왕이
절[2]에 행차하여 분향하려 하는데, 마침 지귀가 자신을 사랑한다
는 말을 듣고 지귀를 오게 하였다. 지귀는 절에 가 탑 아래에서
여왕을 기다리다가 문득 깊은 잠에 빠졌다. 여왕은 팔찌를 벗어
잠든 지귀의 가슴 위에 두고 궁궐로 돌아갔다.

　얼마 뒤 지귀가 잠에서 깨어났다. 지귀는 여왕이 이미 다녀갔
음을 알고 혼절했다. 이윽고 마음에서 불길이 활활 일어나 탑을
다 태우더니 그만 불귀신이 되고 말았다.

　여왕은 주술사에게 주문을 짓게 했는데, 주문은 다음과 같다.

---

1. **활리역**活里驛　신라시대 경주의 중심부에 있던 역 이름.
2. **절**　『삼국유사』에는 영묘사靈妙寺로 명시되어 있다. 영묘사는 경주시 성건동 남천南川 끝에 있던
　절이다.

116

지귀 마음속의 불길이

제 몸 태워 불귀신으로 만들었네.

먼바다 밖으로 가

보이지도 말고 가까이 오지도 말라.

당시에 이 주문을 문이나 벽에 붙여 화재를 막는 풍속이 있
었다.

아도법사

아도법사阿道法師의 아버지는 위魏나라 사람 굴마崛摩이고, 어머니는 고구려 사람 고도녕高道寧이다. 굴마는 고구려에 사신으로 왔다가 고도녕과 사랑을 나눈 뒤 위나라로 돌아갔는데, 이때 고도녕이 임신하여 법사를 낳았다.

법사가 다섯 살이 되어 비범한 외모를 보이자, 고도녕이 말했다.

"너는 아비 없는 자식이니 승려가 되는 게 좋겠다."

법사는 어머니의 말에 따라 그날로 머리를 깎고 승려가 되었다.

법사는 열여섯 살이 되자 위나라로 가서 아버지 굴마를 찾아뵙고, 마침내 현창玄彰 스님의 문하에서 공부했다.

열아홉 살에 집으로 돌아오자 어머니가 말했다.

"이 나라(고구려)는 기연¹이 아직 성숙되지 않아 불법을 행하기 어렵다. 신라가 지금은 비록 성인의 교화가 없지만 3천 달 뒤에

1.기연機緣 부처의 교화를 받을 수 있는 근기根機(바탕)와 인연.

는 불법을 수호하는 현명한 왕이 나와서 나라를 다스리며 불사佛事를 크게 일으킬 게다. 또 신라의 수도에는 불법이 머문 일곱 곳이 있으니, 하나는 금교의 천경림²이요, 둘은 삼천기³요, 셋은 용궁의 남쪽⁴이요, 넷은 용궁의 북쪽⁵이요, 다섯은 신유림⁶이요, 여섯은 사천미⁷요, 일곱은 서청전⁸이다. 이곳들은 모두 불법이 사라지지 않은, 전겁⁹ 때의 절터란다. 네가 저 땅으로 가서 최초로 현묘한 뜻을 전해 신라 불교의 시조가 된다면 참으로 아름다운 일이 아니겠느냐?"

법사는 어머니의 분부를 받들어 국경을 넘어 신라 왕궁의 서쪽 마을¹⁰에 거처를 정했다. 이때는 미추왕¹¹ 2년 계미년(263)이었

꾳꾳꾳

2. **금교金橋의 천경림天鏡林** "지금의 흥륜사興輪寺"라는 원주原註가 달려 있다. 흥륜사는 경주시 사정동에 있던 신라 최초의 절로, 이차돈의 순교 이후 신라 불교의 중심 사찰 역할을 했다. 『삼국유사』에 의하면 금교는 경주 서천西川에 놓인 다리이고, 천경림은 금교의 동쪽에 있던 숲이다.

3. **삼천기三川岐** '세 하천이 갈라지는 곳'이라는 뜻. "지금의 영흥사永興寺"라는 원주가 달려 있는데, 영흥사는 경주시 황남동에 있던 절이다.

4. **용궁龍宮의 남쪽** "지금의 황룡사黃龍寺"라는 원주가 달려 있다. 황룡사는 '용궁', 곧 왕궁의 남쪽, 지금의 경주시 구황동에 있던 절이다.

5. **용궁龍宮의 북쪽** "지금의 분황사芬皇寺"라는 원주가 달려 있다. 분황사는 경주시 구황동에 있는 절이다.

6. **신유림神遊林** 경주시 배반동 낭산狼山 남쪽 기슭의 숲을 말한다. "지금의 천왕사天王寺"라는 원주가 달려 있는데, 천왕사는 사천왕사四天王寺로, 낭산 남쪽 기슭 신문왕릉 옆에 있던 절이다.

7. **사천미沙川尾** '사천沙川, 곧 경주 남천南川의 끝'이라는 뜻. "지금의 영묘사靈妙寺"라는 원주가 달려 있는데, 영묘사는 경주시 성건동 남천南川 끝에 있던 절이다.

8. **서청전婿請田** 박혁거세의 능인 오릉五陵 남쪽의 지명. "지금의 담엄사曇嚴寺"라는 원주가 달려 있는데, 담엄사는 경주시 탑동에 있던 절이다.

9. **전겁前劫** 현겁現劫(현세의 겁) 이전의 겁. '겁'은 천지가 한 번 개벽한 뒤부터 다음 개벽할 때까지의 기간으로, 13억 년에 이르는 이 기간 동안 1천 명의 부처가 출현하여 중생을 구제한다고 한다.

다. 법사는 왕에게 불교를 전파할 수 있게 해 달라고 청했다. 사람들은 처음 접하는 불교를 괴이하게 여겼고, 마침내 법사를 죽이려는 사람까지 나타났다. 그리하여 법사는 속촌[12]에 있는 모록[13]이라는 사람의 집으로 물러나 숨었는데, 속촌은 지금의 선주善州이다.

법사가 해코지를 피해 속촌에서 산 지 3년이 지났다. 성국궁주[14]가 병이 들었는데 낫지 않자 사방에 사자를 보내 병을 고칠 수 있는 사람을 찾았다. 법사는 자원해서 궁궐로 들어가 성국궁주의 병을 고쳤다. 왕이 매우 기뻐하며 소원을 묻자, 법사가 말했다.

"제 소원은 오직 천경림에 절을 짓는 것입니다."

왕이 허락해 주었다. 그러나 소박한 세상의 거칠고 고집스러운 백성들을 불교에 귀의시킬 도리가 없었다. 법사가 초라한 초가집을 절로 삼고 7년을 지낸 뒤에야 비로소 승려가 되고자 하는 자가 와서 불법을 전수받았다. 또 모록의 누이동생 사시史侍가 불교에 귀의하여 여승이 되었다. 사시는 삼천기에 영흥사[15]를 세우고 그곳에서 살았다.

※※※

10. **신라 왕궁의 서쪽 마을** "지금의 엄장사嚴莊寺"라는 원주가 달려 있다.
11. **미추왕味鄒王** 신라 제13대 왕, 재위 262~284년.
12. **속촌續村** 『삼국유사』에서는 '속림'續林이라 하고, "지금의 일선현一善縣"이라고 주를 달았다. 일선현은 선주善州, 곧 선산善山(지금의 경상북도 구미시 선산읍 일대)이다.
13. **모록毛祿** 『삼국유사』에서는 '모례'毛禮라고 했다.
14. **성국궁주成國宮主** 미추왕의 공주.
15. **영흥사永興寺** 주3 참조.

미추왕이 세상을 뜬 뒤 새로 즉위한 왕[16] 역시 불교를 숭상하지 않아서 불교를 없애려 했다. 법사는 속촌으로 돌아와 손수 자신의 무덤을 만들고는 무덤 속에 들어가 입구를 닫고 적멸했다. 이 때문에 신라에 불교가 전파되지 못했다. 2백여 년 뒤에 원종[17]이 과연 불교를 일으켰으니, 이 모든 것이 고도녕이 말한 대로였다. 미추왕으로부터 법흥왕法興王에 이르기까지 11명의 왕이 있었다.

---

16. **새로 즉위한 왕** 신라 제14대 왕인 유례왕 儒禮王(재위 284~298)을 말한다.
17. **원종原宗** 신라 제23대 왕인 법흥왕法興王(재위 514~540)의 이름.

『삼국사기』·『삼국유사』에 실린 글들

• 도미

　도미都彌는 백제 사람으로, 평민이었지만 자못 의리를 알았다. 도미의 아내는 아름답고 절개가 있어 당시 사람들의 칭송을 받았다. 개루왕[1]이 그 소문을 듣고 도미를 불러 말했다.

　"부인의 덕성은 굳은 정조와 깨끗한 행실을 최고로 친다. 하지만 그런 부인이라 할지라도 아무도 없는 으슥한 곳에서 듣기 좋은 말로 유혹하면 마음을 움직이지 않을 사람은 드문 법이다."

　도미는 대답했다.

　"사람의 마음은 헤아릴 수 없는 것입니다만, 제 아내라면 죽어도 마음을 바꾸지 않을 것입니다."

　개루왕은 도미의 아내를 시험해 보려고 도미를 다른 일로 궁궐에 머물러 있게 했다. 그러고는 측근 신하를 왕으로 꾸며 왕의 옷을 입히고, 왕의 말을 타게 하고, 시종을 따르게 하여 밤에 도미

1. 개루왕蓋婁王　백제의 제4대 왕. 재위 128~166년.

의 집으로 가게 했다. 그리고 도미의 집에 미리 사람을 보내 왕
이 온다고 알리게 했다. 왕으로 꾸민 신하는 도미의 아내에게 말
했다.

"오래전부터 네가 아름답다는 소문을 듣고, 네 남편과 내기를
해서 너를 얻었다. 내일 너를 궁궐로 들여 궁녀로 삼을 것이다.
차후로 네 몸은 내 것이니 그리 알라."

마침내 도미의 아내를 유린하려 하자 도미의 아내는 말했다.

"국왕께서 허튼 말씀을 하실 리 없으니 제가 어찌 감히 따르지
않겠습니까? 대왕께서는 먼저 방으로 드십시오. 저는 옷을 갈아
입고 오겠습니다."

도미의 아내는 물러나와 여종에게 온갖 치장을 하게 하여 잠자
리에 들여보냈다.

개루왕은 뒤늦게 속은 것을 알고 격노했다. 개루왕은 도미에게
죄를 뒤집어씌워 도미의 두 눈을 뽑아낸 뒤, 사람을 시켜 도미를
끌고 가서 작은 배에 태워 강물에 띄워 보내게 했다.

이윽고 개루왕이 도미의 아내를 붙잡아 와 강제로 능욕하려 하
자, 도미의 아내가 말했다.

"남편 잃은 홀몸으로 살아갈 길이 막막한 처지에 대왕의 궁녀
되기를 어찌 감히 거스르겠습니까? 하지만 지금은 달거리 중이
라 몸이 깨끗하지 않으니 며칠 뒤로 미뤄 주시면 향기로운 물에
목욕한 다음에 뵙겠습니다."

126

개루왕은 그 말을 믿고 허락했다.

도미의 아내는 곧바로 달아나 강어귀에 이르렀지만 강을 건널 방법이 없어 하늘을 향해 울부짖으며 통곡했다. 그때 문득 배 한 척이 물결 따라 흘러오는 것이 보였다. 도미의 아내가 올라타자 배는 천성도泉城島에 이르렀다. 그곳에 남편 도미가 있었다. 도미는 풀뿌리를 캐 먹으며 연명하고 있었다. 두 사람은 함께 배를 타고 고구려 산산㯮山 아래에 도착했다. 고구려 사람들은 도미 부부를 애처로이 여겨 옷과 음식을 주었다. 두 사람은 근근이 목숨을 부지하며 살다가 객지에서 생을 마쳤다.

• 박제상

박제상[1]은 신라의 시조 박혁거세의 후손으로, 파사 이사금[2]의 5
대손이다. 조부는 아도阿道 갈문왕[3]이고, 부친은 파진찬[4]을 지낸
박물품朴勿品이다. 박제상은 벼슬길에 나아가 삽량주간[5]이 되었다.

이에 앞서 실성왕[6] 원년 임인년(402)에 신라는 왜국倭國과 화친
을 맺으면서 왜왕의 요청으로 내물왕[7]의 아들 미사흔[8]을 볼모로

༄༅ ༄༅

1. **박제상朴堤上**   "모말毛末이라고도 한다"라는 원주가 달려 있다. 『삼국유사』에는 "김제상"金堤上
   으로 되어 있다.
2. **파사 이사금婆娑尼帥今**   신라 제5대 왕. 재위 80~112년.
3. **갈문왕葛文王**   신라에서 왕의 동생이나 왕비의 부친, 혹은 박朴·석昔·김金과 같은 신라 최고 성씨
   의 씨족장이나 가계家系의 대표자 등에게 준 칭호.
4. **파진찬波珍飡**   신라시대의 17등급 벼슬 중 넷째 관등官等.
5. **삽량주간歃良州干**   '삽량주'는 지금의 경상남도 양산 일대에 해당하는 고을 이름. '간'은 신라시대
   고을 수령을 일컫는 관직 이름.
6. **실성왕實聖王**   신라 제18대 왕. 재위 402~417년. 이찬伊飡 대서지大西知의 아들로, 내물왕 때 고
   구려와의 우호 관계를 위해 고구려에 10년 동안 볼모로 잡혀 있었다. 신라로 돌아온 이듬해 내물왕
   이 죽자 내물왕의 어린 아들들을 제치고 왕위를 계승했다.
7. **내물왕奈勿王**   신라 제17대 왕. 재위 356~402년. 고구려의 지원을 받아 백제와 왜의 연합군을 물리
   친 바 있다.

보냈다. 실성왕은 내물왕이 자신을 고구려에 인질로 보냈던 일에 늘 원한을 품고 있었다. 이 때문에 내물왕의 아들에게 분풀이를 해야겠다고 생각하고는 왜국의 요청을 거절하지 않고 미사흔을 보냈던 것이다. 그 뒤 실성왕 11년 임자년(412)에 고구려가 미사흔의 형 복호⁹를 인질로 요구했다. 실성왕은 또 복호를 보냈다.

눌지왕¹⁰이 왕위에 오르자 말 잘하는 사람을 구해 두 아우를 데려와야겠다고 생각했다. 눌지왕은 수주촌水酒村의 수령 벌보말伐寶靺, 일리촌一利村의 수령 구리내仇里迺, 이이촌利伊村의 수령 파로波老 세 사람이 현명하고 지혜롭다는 말을 듣고 이들을 불러서 물었다.

"내 아우 두 사람이 왜국과 고구려에 볼모로 가서 여러 해 동안 돌아오지 못하고 있으니 형제를 그리는 마음을 금할 길이 없다. 내 아우들을 데려오고 싶은데 어떻게 하면 되겠는가?"

세 사람이 한목소리로 대답했다.

"저희들은 삽량주간 박제상이 굳세고 용감하며 지모가 있다고 들었습니다. 박제상이 전하의 근심을 풀어 드릴 수 있을 것입니다."

---

8. 미사흔未斯欣 (?~433) 내물왕의 셋째 아들이자 눌지왕의 아우. 402년(실성왕 즉위년)에 왜에 볼모로 갔다가 16년 만에 신라로 돌아왔다.

9. 복호卜好 내물왕의 둘째 아들이자 눌지왕의 아우. 412년(실성왕 11)에 고구려에 볼모로 가서 억류 생활을 하다가 418년(눌지왕 2)에 신라로 돌아왔다.

10. 눌지왕訥祗王 신라 제19대 왕. 재위 417~458년. 내물왕의 장남으로, 정변을 일으켜 실성왕을 살해하고 왕위에 올랐다.

눌지왕은 박제상을 불러 세 사람의 말을 전하며 두 아우를 데려와 달라고 부탁했다. 박제상은 대답했다.

"제가 비록 어리석고 못났지만 감히 명을 받들지 않을 수 있겠습니까?"

마침내 박제상은 사신으로서 고구려에 들어가 고구려 왕[11]에게 말했다.

"신은 이웃 나라와 사귀는 도리는 정성과 신의가 있을 뿐이라고 들었습니다. 그렇거늘 이웃 나라끼리 인질을 교환한다면 오패[12]에도 미치지 못하는 것이니 참으로 말세의 일이라 하겠습니다. 지금 우리 군주의 사랑하는 아우가 고구려에 머문 지도 거의 10년이 되어 가는데, 우리 임금은 형제간의 정을 간절히 잊지 못하고 있습니다. 만약 대왕께서 은혜를 베푸셔서 돌려보내 주신다면 대왕의 입장에서는 아홉 마리 소에서 털 하나가 빠진 격이라 손해될 것이 없지만, 우리 임금의 입장에서는 대왕의 은덕에 감사하는 마음이 헤아릴 수 없게 클 것입니다. 대왕께서는 이 점을 생각해 주십시오."

고구려 왕은 알겠다며 박제상이 복호와 함께 돌아가는 것을 허

11. **고구려 왕** 장수왕長壽王(재위 413~491)을 말한다.
12. **오패五霸** 춘추 오패, 곧 중국 춘추시대 5인의 패자霸者를 말한다. 제齊나라의 환공桓公, 진晉나라의 문공文公, 진秦나라의 목공穆公, 송宋나라의 양공襄公, 초楚나라의 장왕莊王을 꼽는데, 목공과 양공 대신 오吳나라의 왕 합려闔閭 혹은 부차夫差와 월越나라의 왕 구천勾踐을 꼽기도 한다.

락했다.

박제상이 신라로 돌아오자 눌지왕이 박제상을 반겨 노고를 위로하고 말했다.

"나는 두 아우를 내 왼팔과 오른팔처럼 여겨 왔네. 이제 그중 한쪽 팔만을 얻었으니 어찌하면 좋겠는가?"

"저는 비록 재주가 둔하지만 이미 제 몸을 나라에 바쳤으니 왕명을 욕되게 할 수 없습니다. 그런데 고구려는 대국이고 고구려 왕 또한 현명한 군주이므로 제가 한마디 말로 깨우칠 수 있었습니다. 그러나 왜인들은 말로 타이를 수 없으니 거짓 꾀를 써야 왕자를 돌아오게 할 수 있습니다. 제가 왜국에 가거든 제가 나라를 배반한 죄를 지었다고 공표하여 왜인들이 그렇게 알도록 해 주십시오."

박제상은 스스로 죽기를 맹세하고 처자식도 만나지 않은 채 율포[13]로 가서 배를 타고 왜국으로 향했다. 박제상의 아내는 그 소식을 듣고 포구로 달려가서 배를 향해 큰 소리로 울며 말했다.

"잘 다녀오세요!"

박제상은 아내를 돌아보고 말했다.

"왕명을 받아 적국에 들어가는 길이니 다시 만날 기약일랑 하지 마오."

꽃꽃꽃

13. 율포栗浦 지금의 울산광역시에 있던 포구 이름.

박제상은 곧장 왜국으로 들어가 신라를 배반하고 온 것처럼 행세했지만 왜왕은 박제상을 의심했다. 이때 왜국에 들어와 있던 백제 사람이 왜왕에게 말했다.

"신라가 고구려와 함께 왜국을 침략하려 계획하고 있습니다."

그러자 왜국에서는 군사를 보내 신라 국경 밖을 정찰하게 했다. 마침 고구려가 쳐들어와 왜국의 정찰병을 잡아 죽였다. 왜왕은 백제 사람의 말이 사실이라고 믿었다. 또 신라 왕이 미사흔과 박제상의 가족을 감옥에 가두었다는 소식을 듣고는 박제상이 정말 신라를 배반하고 온 자라고 여기게 되었다.

왜왕은 군사를 일으켜 신라를 습격하려 했다. 박제상과 미사흔을 함께 차출하여 장수로 삼고 향도 역할을 겸하게 했다. 왜군이 바다의 어떤 섬에 이르자, 왜군 장수들은 신라를 멸한 뒤에 박제상과 미사흔의 처자식을 붙잡아 데려오자고 은밀히 의논했다. 박제상은 이를 알고 미사흔과 함께 배를 타고 노닐며 물고기나 오리를 잡는 척했다. 왜인들은 그 광경을 보고 박제상과 미사흔이 다른 생각을 품지 않았다고 여겨 좋아했다.

이때 박제상이 미사흔에게 신라로 몰래 돌아가라고 권하자, 미사흔이 말했다.

"저는 장군을 아버지처럼 모시고 있는데, 어찌 저 혼자 갈 수 있겠습니까?"

박제상은 말했다.

"두 사람이 함께 떠나면 일이 이루어지지 못할 듯합니다."

미사흔은 박제상의 목을 껴안고 울며 작별하고 떠났다.

이튿날 박제상은 방 안에서 혼자 자다가 느지막이 일어났다. 미사흔이 멀리 달아날 수 있도록 일부러 그런 것이었다. 왜인들이 물었다.

"장군은 왜 이리 늦게 일어나셨습니까?"

"어제 배를 탔더니 피곤해서 일찍 일어나지 못했소."

박제상이 밖으로 나오자, 왜군은 그제야 미사흔이 달아난 것을 알았다. 왜군은 박제상을 결박하는 한편 배를 몰아 미사흔의 뒤를 쫓았으나 마침 안개가 자욱하게 끼어 먼 곳이 보이지 않았다.

왜군이 박제상을 왕궁으로 보내자 왜왕은 박제상을 목도木島로 유배 보냈다. 얼마 뒤에 왜왕은 박제상의 몸을 불에 태워 문드러지게 한 뒤 참수형에 처했다.

눌지왕은 이 소식을 듣고 애통해하며 박제상에게 대아찬[14] 벼슬을 추증하고, 그 가족에게 후한 선물을 내렸다. 또 미사흔을 박제상의 둘째 딸과 결혼시켜 보답하게 했다.

이에 앞서 미사흔이 신라로 돌아오자 눌지왕은 6부 관원에게 명하여 멀리까지 나가 맞이하게 했다. 눌지왕은 미사흔을 만나자 손을 잡고 함께 울었다. 형제들이 술자리를 베풀어 지극한 즐거

❀❀❀

14. 대아찬大阿湌 신라 시대의 17등급 벼슬 중 다섯째 관등.

움을 누렸는데, 눌지왕은 이때 노래와 춤을 만들어 마음을 드러냈다. 지금 향악[15] 중의 「우식곡」憂息曲이 바로 그것이다.

● 수로부인

　성덕왕[1] 때 순정공純貞公이 강릉 태수로 부임하는 길에 바닷가에서 점심을 먹고 있었다. 옆에 가파른 바위산이 병풍처럼 바다 앞에 펼쳐져 있었다. 바위산의 높이는 천 길이나 되었는데, 꼭대기에 진달래가 활짝 피어 있었다. 순정공의 부인 수로水路가 꽃을 보고 곁에 있던 이들에게 말했다.

　"저 꽃을 꺾어다 줄 수 있는 사람이 있소?"

　시종이 말했다.

　"사람이 갈 수 있는 곳이 아닙니다."

　모두들 할 수 없다며 거절했다.

　그때 암소를 끌고 지나가던 노인이 곁에서 부인의 말을 듣고 진달래꽃을 꺾어 오더니 노랫말을 지어 부인에게 바쳤다. 그 노인은 어떤 사람인지 알 수 없었다.

꿈꿈꿈꿈

1. **성덕왕聖德王**　신라 제33대 왕. 재위 702~737년.

다시 이틀 동안 길을 가서 임해정臨海亭에서 점심을 먹고 있는데, 홀연 바다에서 용이 나타나더니 부인을 낚아채서 바닷속으로 들어갔다. 순정공은 깜짝 놀라 쓰러졌다. 부인을 구출해 올 아무런 계책도 떠올릴 수 없었다. 그때 또 한 노인이 와서 말했다.

"옛사람의 말에, 여러 사람이 입을 모으면 무쇠도 녹일 수 있다고 합니다. 지금 바닷속의 짐승이 어찌 많은 사람의 입을 두려워하지 않겠습니까? 고을 안의 백성을 모두 나오게 해서 노래를 지어 부르며 지팡이로 해안을 두드리면 부인을 볼 수 있을 겁니다."

순정공이 그 말대로 하자 용이 바다에서 나와 부인을 바쳤다. 순정공이 부인에게 바닷속에서 겪은 일을 묻자 부인이 대답했다.

"칠보 궁전에서 대접받은 음식은 감미롭고 부드럽고 향기롭고 정갈했는데 모두 인간 세상의 음식이 아니었습니다."

또 부인의 옷에서 이상한 향기가 났는데, 세상에서 맡아 보지 못한 것이었다.

수로부인은 용모와 자태가 세상에 으뜸이어서 깊은 산이나 큰 강을 지날 때마다 거듭 신령한 존재에게 납치당했다.

바닷가에 모인 사람들은 「바다의 노래」海歌를 불렀다. 그 노랫말은 다음과 같다.

거북아, 거북아! 수로를 내놓아라

남의 아내를 납치하니 죄가 지극하다.

만약 네가 우리 뜻을 거슬러 내놓지 않으면

그물로 너를 잡아 구워 먹으리.

노인이 꽃을 바치며 부른 노래는 다음과 같다.

자줏빛 바위 곁에

손에 잡은 암소 놓게 하시니

저를 부끄러워하지 않으신다면

꽃을 꺾어 바치오리다.

• 만파식적

    제31대 신문대왕[1]은 휘[2]가 정명政明이고 성은 김씨로, 개요 원년 신사년[3] 7월 7일에 즉위하였다. 신문대왕은 아버지 문무대왕[4]을 위해 동해 바닷가에 감은사感恩寺를 창건했다.[5]

    이듬해인 임오년(682) 5월 1일, 바다를 관할하던 파진찬[6] 박숙 청朴夙淸이 아뢰었다.

    "동해에 있는 작은 산이 감은사를 향해 흘러오며 물살에 따라

---

1. **신문대왕神文大王** 신라 제31대 신문왕神文王(재위 681~692)을 말한다.
2. **휘諱** 작고한 어른의 생전의 이름.
3. **개요開耀 원년 신사년** 서기 681년. '개요'는 당나라 고종高宗의 연호.
4. **문무대왕文武大王** 신라 제30대 문무왕文武王(재위 661~681)을 말한다.
5. **신문대왕은~감은사感恩寺를 창건했다** 이 뒤에는 일연의 원주原註가 다음과 같이 달려 있다. "감 은사에 있는 기록에는 이런 내용이 적혀 있다. '문무왕이 왜군을 진압하고자 처음 이 절을 지었는 데, 완성하지 못하고 붕어하여 바다의 용이 되었다. 그 아들 신문왕이 즉위하여 개요 2년(682)에 완 성했다. 금당의 섬돌 밑에 동쪽을 향해 굴을 뚫어서 용이 절 안으로 들어와 서려 있을 수 있게 했다. 문무왕의 유언으로 유골을 묻은 곳의 이름은 대왕암大王巖이고, 절의 이름은 감은사이며, 훗날 용 이 모습을 나타낸 것을 본 곳의 이름은 이견대利見臺이다.'"
6. **파진찬波珍湌** 신라 시대의 17등급 벼슬 중 넷째 관등.

오락가락하고 있습니다."

왕이 괴이하게 여겨 일관[7] 김춘질金春質에게 점을 치도록 명했다. 김춘질은 말했다.

"문무왕께서 지금 바다의 용이 되어 삼한三韓을 수호하고 계시며, 게다가 김유신金庾信 장군은 33천[8]의 한 사람으로서 지금 내려와 천신天神이 되었습니다. 두 성인이 한마음이 되셔서 나라를 지킬 보물을 내리고자 하시니, 폐하께서 바닷가로 가시면 필시 귀하기 그지없는 큰 보물을 얻으실 것입니다."

왕은 기뻐서 5월 7일에 수레를 타고 이견대利見臺로 가서 그 산을 바라보았다. 신하를 보내 살펴보게 하니, 산의 모양은 거북 머리 같았다. 산 위에 대나무 하나가 서 있는데 낮에는 둘로 나뉘었다가 밤에는 하나로 합해졌다.[9] 신하가 와서 그렇게 아뢰자, 왕은 감은사로 가서 묵었다.

이튿날 오시午時(낮 12시 무렵)에 대나무가 하나로 합하더니 천지가 진동하고 비바람이 불며 7일 동안 사방이 캄캄해졌다.

5월 16일이 되자 바람이 멎고 파도가 잔잔해졌다. 왕은 바다에

---

7. **일관日官** 천문 관측과 점성占星을 담당하던 관리.
8. **33천天** 불교에서는 수미산須彌山의 정상에 있는 제석천帝釋天을 중심으로 사방 봉우리마다 8천天이 있어 33천을 이룬다고 한다.
9. **산 위에~하나로 합해졌다** 이 뒤에는 다음의 원주가 달려 있다. "어떤 책에는 '산 또한 대나무와 똑같이 낮에는 둘로 나뉘었다가 밤에는 하나로 합하였다'라고 되어 있다."

배를 띄워 그 산으로 들어갔다. 그러자 용이 검은 옥대玉帶를 받들고 나와 왕에게 바쳤다. 왕이 용을 맞이해 한자리에 앉은 뒤 물었다.

"이 산과 대나무가 나뉘었다 합해졌다 하는데 왜 그런 것이오?"

용이 말했다.

"손뼉 하나로는 소리가 나지 않지만 두 손뼉이 마주치면 소리가 나는 것에 비유할 수 있습니다. 이 대나무의 성질은 둘이 합한 뒤에야 소리가 나니, 성왕聖王(신문왕)께서 소리로 천하를 다스릴 징조입니다. 왕께서 이 대나무를 가져다 피리를 만들어 부시면 천하가 평화로울 것입니다. 지금 선왕先王(문무왕)께서 바다의 큰 용이 되셨고 김유신은 다시 천신이 되었는데, 두 성인이 한마음으로 이 귀하기 그지없는 큰 보물을 내리시어 저로 하여금 바치게 한 것입니다."

왕은 뛸 듯이 기뻐하며 용에게 오색 비단과 금과 옥을 선물했다. 칙사가 대나무를 베어 바다에서 나올 때 산과 용이 홀연 사라져 보이지 않았다.

왕은 감은사에서 묵고 5월 17일 출발하여 기림사[10] 서쪽 시냇

10. 기림사祇林寺　경주시 함월산含月山에 있는 절. 선덕여왕 때 광유光有가 창건하여 임정사林井寺라고 했다가 원효元曉가 중창하여 기림사로 이름을 고쳤다.

140

가에 머물러 점심을 먹었다. 태자 이공[11]이 궁궐을 지키고 있다가 소식을 듣고 말을 달려 와서 축하를 드렸다. 태자는 옥대를 찬찬히 살펴본 뒤 왕에게 아뢰었다.

"옥대의 조각 하나하나가 모두 진짜 용입니다."

"네가 어찌 아느냐?"

"옥대 조각 하나를 떼어 물속에 담가 보이겠습니다."

태자가 옥대 왼쪽 두 번째 조각을 떼어 시냇물에 빠뜨리자 옥대 조각은 곧바로 용이 되어 하늘로 올라갔고, 그 일대에 연못이 생겼다. 이 일로 인하여 그 연못을 '용연'龍淵이라 불렀다.

왕은 궁궐로 돌아온 뒤 가져온 대나무로 피리를 만들어 월성[12] 천존고[13]에 간직했다. 이 피리를 불면 적군이 물러가고 병이 나았으며, 가뭄에는 비가 내리고 장마가 졌을 때는 비가 갰으며, 바람이 멎고 파도가 잠잠해졌다. 피리의 이름을 '만파식적'萬波息笛(모든 물결을 잠잠하게 하는 피리)이라 붙이고 국보로 삼았다.

효소대왕 때인 천수 4년 계사년[14]에 부례랑이 살아 돌아온 기이한 일[15]이 있은 뒤 피리의 이름을 고쳐 '만만파파식적'萬萬波波息笛이

꽃꽃꽃꽃

11. **이공理恭** "곧, 효소대왕 孝昭大王이다"라는 원주가 달려 있다. 효소 대왕은 신라 제32대 효소왕 孝昭王(재위 692~702)을 말한다.
12. **월성月城** 경주에 있던 신라의 왕성王城.
13. **천존고天尊庫** 월성 안에 있던 신라의 국가 창고.
14. **천수天授 4년 계사년** 서기 693년. '천수'는 당나라 예종睿宗의 연호.

라 했는데, 이 일은 부례랑의 전傳에 자세히 보인다.

⚘⚘⚘⚘

16. 부례랑夫禮郞이 살아 돌아온 기이한 일　'부례랑'은 신라 효소왕 때의 화랑으로, 대각간大角干(제1
관등인 각간角干 위에 둔 특별 관등)을 지냈다. 『삼국유사』에 실린 관련 이야기는 다음과 같다. 부
례랑은 692년 화랑이 되어 낭도 1천여 명을 이끌었는데, 693년 3월 낭도들과 함께 금란金蘭(지금
의 강원도 통천)에 갔다가 북명北溟(지금의 강원도 원산 앞의 영흥만 부근)에서 낭도 안상安常과
함께 고구려군에게 사로잡혔다. 효소왕이 만파식적의 신통력을 빌려 보려고 천존고를 열자 만파
식적이 온데간데없어 의아해했다. 그해 5월 부례랑의 부모가 기도하고 있던 경주 백률사柏栗寺에
갑자기 부례랑이 안상과 함께 도난당한 만파식적을 가지고 나타났다. 부례랑은 어떤 스님이 나타
나 만파식적을 반으로 쪼개어 주기에 만파식적을 타고 바다를 건너 순식간에 돌아왔다고 했다.

142

• 거타지

　　제51대 진성여왕[1] 때의 아찬[2] 양패良貝는 여왕의 막내아들이다. 양패는 당나라에 사신으로 가면서 후백제의 해적들이 진도津島 앞을 가로막고 있다는 소식을 듣고 궁수弓手 50인을 뽑아 수행하게 했다. 배가 잠시 곡도[3]에 머물러 있는데 풍파가 크게 일어 열흘 동안 섬을 떠날 수 없었다. 양패가 근심하여 사람을 시켜 점을 쳐 보게 했다. 그러자 점친 이는 말했다.

　　"섬에 신령스러운 연못이 있으니 그곳에 제사를 지내는 것이 좋겠습니다."

　　그리하여 연못에 제사를 지내자 연못의 물이 한 길 높이로 용솟음쳤다.

<hr />

1. **진성여왕眞聖女王**　신라 제51대 왕. 재위 887~897년.
2. **아찬阿飡**　신라 시대의 17등급 벼슬 중 여섯째 관등.
3. **곡도鵠島**　백령도의 옛 이름. "우리나라에서는 '골대도'骨大島라 부른다"라는 원주原註가 달려 있다.

그날 밤 양패의 꿈에 한 노인이 나타나 말했다.

"활 잘 쏘는 사람 하나를 이 섬에 남겨 두면 순풍을 얻을 것이다."

양패가 깨어나 측근들에게 꿈 이야기를 하고 물었다.

"누구를 남기는 게 좋겠나?"

여러 사람이 말했다.

"나뭇조각 50개에 궁수의 이름을 각각 적은 뒤 물에 던져서 가라앉은 나뭇조각에 이름이 적힌 사람을 남게 하는 것이 좋겠습니다."

양패가 그 말대로 하자, 궁수 거타지居陀知의 이름이 적힌 나뭇조각이 물속에 가라앉았다. 거타지를 섬에 남기자 홀연 순풍이 불어 배가 거침없이 앞으로 나아갔다.

거타지가 섬에 남아 근심스레 서 있는데, 홀연 한 노인이 연못에서 나와 말했다.

"나는 서해의 신이오. 해가 뜰 때마다 하늘에서 사미승 하나가 내려와 다라니 주문[4]을 외며 이 연못을 세 바퀴 돌면, 우리 부부와 아들, 손자가 모두 물 위로 떠오른다오. 사미승이 내 아들과 손자의 간과 창자를 다 빼 먹고, 오직 우리 부부와 딸 하나만 몸

꽃꽃꽃꽃

4. **다라니**陀羅尼 **주문** 산스크리트 어로 된 비밀스러운 주문呪文.

을 보전하고 있소. 내일 아침에 틀림없이 또 올 텐데 그대가 사미
승을 활로 쏘아 주기 바라오."

거타지가 말했다.

"활쏘기라면 제 장기이니 분부대로 하겠습니다."

노인은 감사 인사를 하고 연못 속으로 사라졌다. 거타지는 숨
어서 사미승이 나타나기를 기다렸다.

이튿날 해가 떠오르자 과연 사미승이 나타났다. 사미승은 하던
대로 다라니 주문을 외워 늙은 용의 간을 빼 먹으려 했다. 그때
거타지가 활시위를 당겼다. 화살에 맞은 사미승은 곧바로 늙은
여우로 변하더니 땅에 쓰러져 죽었다. 노인이 나와 거타지에게
감사 인사를 했다.

"공의 은혜로 내 목숨을 보전했소이다. 내 딸을 아내로 삼아
주기 바라오."

"따님을 주시어 저를 버리지 않으시니 참으로 바라던 바였습
니다."

노인은 딸을 한 떨기 꽃으로 변신시켜 거타지의 품속에 넣어
주고, 두 마리 용에게 분부를 내려 거타지를 사신의 배로 데려간
뒤 그 배를 호위하여 당나라에 들어가게 했다.

당나라 사람들은 두 마리 용이 신라의 배를 호위해 오는 광경을
보고 황제에게 자세히 보고했다. 그러자 당나라 황제는 말했다.

"신라 사신은 필시 비범한 사람일 것이다."

당나라 황제는 신라 사신 일행에게 잔치를 베풀어 여러 신하의 윗자리에 앉히고, 많은 금과 비단을 선물했다.

신라로 돌아온 거타지가 품에서 꽃을 꺼내니 꽃이 여자로 변하였다. 둘은 함께 살았다.

한국 고전소설은 신라 말 고려 초에 성립되었다. 그 대표작에 해당하는 「최치원」崔致遠·「조신전」調信傳·「호원」虎願 등 신라·고려시대에 창작된 초기 한문소설을 이 책에 실었다. 오늘날 동아시아 단편소설의 발생은 7세기경까지 올려 잡는 추세다. 중국 당나라 전기傳奇의 대표작들이 후대의 단편소설에 비해 손색이 없다는 판단에 근거한다. 학계에서는 설화와 소설의 차이가 무엇인가 하는 점을 중심으로 이 문제에 대한 논의를 거듭하여 우리 소설사의 시초를 신라 말 고려 초로 보는 데 차츰 의견의 일치를 보이고 있다.

　　신라·고려시대의 소설은 조선시대의 고전소설에 비하면 대체로 분량이 짧고 소박해서 세련된 맛이 떨어지지만, 소설로서의 최소 요건을 갖춘 가운데 주제를 간명하게 전달하고 있는 작품들이어서 초기 소설의 모습을 더듬어보기에 충분하다. 소설이라고 하기는 어렵지만 동시기에 창작된 인상적인 설화들도 책 후반부에 함께 수록하여 초기 소설의 형성 과정과 그 시대적 분위기를 엿보게 했다. 불교적 색채가 강한 작품이 많고, 보편적인 애정 주제의 작품도 다수 있는

데, 어느 작품이든 천 년 전 기이한 인물의 기이한 이야기다.

••• 「노힐부득과 달달박박」은 작자 미상의 작품으로, 고려 후기의 승려 일연一然(1206~1289)이 편찬한 『삼국유사』三國遺事에 실려 전한다. 『삼국유사』에는 「남백월이성 노힐부득 달달박박」南白月二聖 努肹夫得 怛怛朴朴(남백월의 두 성인 노힐부득과 달달박박)이라는 제목으로 실려 있으나, 일연이 밝힌 대로 원제목은 「백월산양성성도기」白月山兩聖成道記(백월산의 두 성인이 도를 이룬 기록)이다.

이 작품은 노힐부득과 달달박박 두 주인공의 성격 묘사, 노힐부득의 내면적 갈등 서술, 작품의 짜임새 등의 측면에서 설화로부터 소설로 옮아가는 초기 소설의 특징을 잘 보여 준다.

달달박박은 수도자의 '본분'을 지키기 위해 암자에 아름다운 여인을 들이지 않은 데 반해 노힐부득은 여인을 맞아들이고 여인의 출산을 도운 데 이어 목욕까지 시켜 주었다. 계율을 깨뜨릴까 두렵기도 하고 부끄럽기도 했지만 이런 갈등에도 불구하고 노힐부득이 여인을 도운 것은 '연민' 때문이었다. 종교의 궁극적 원천을 연민으로 본다면, 노힐부득은 연민의 감정을 지녔으며 그것을 구현하고 있다는 점에서 참된 구도자라 할 만하다.

••• 「호원」虎願 역시 작자 미상의 작품으로, 『삼국유사』에 「김현감호」金現感虎(김현이 호랑이를 감동시키다)라는 제목으로 실려 있다. 이 때문에 그동안 이 작품은 대개 「김현감호」라 불려 왔다.

한편, 『대동운부군옥』大東韻府群玉은 이 작품의 내용을 축약하여 「호원」 虎願(호랑이의 소원)이라는 제목으로 싣고 있으며, 작품 출전은 『수이 전』殊異傳이라 밝혀 놓았다. 그런데 이 작품에 대한 일연의 논평에서 알 수 있듯, 일연은 김현의 정성스런 탑돌이에 부처가 감응하여 호랑이 처녀를 통해 복을 준 것이라는 관점에서 이 작품을 이해했고, 또 그런 이해 위에서 「김현감호」라는 제목을 부여한 듯하다. 또 「김현감호」처 럼 네 글자로 된 제목은 『삼국유사』에서 흔히 발견된다. 이렇게 본다 면 「김현감호」라는 제목은 애초 『수이전』에 있던 제목이 아닐 것 같 다. 뿐만 아니라 「김현감호」보다는 「호원」이라는 제목이, 호원사虎願寺 를 뜻하면서 동시에 '호랑이 처녀의 비원悲願'을 뜻한다는 점에서 작품 의 본질을 더욱 잘 드러내고 있다고 판단된다. 따라서 『대동운부군옥』 의 「호원」이라는 제목이 원제목이거나 원제목에 가깝지 않나 여겨진 다.

인간과 호랑이의 사랑이라는 허황된 이야기처럼 보이지만, 상층 남성 과 하층 여성 간의 비극적인 사랑을 우의한 작품으로도 읽힐 수 있다. 그렇게 보면 남녀의 자유로운 사랑이 결국 신분 차이를 넘어서지 못하 고 여주인공의 희생으로 마무리되는 셈이어서, 호랑이 처녀의 마지막 말이 주는 울림도 더욱 크게 느껴진다.

■■■■ 「온달」溫達은 김부식金富軾(1075~1151)의 『삼국사기』三 國史記 열전列傳에 실려 있다. 김부식은 고려 인종仁宗·의종毅宗 때의 문 신·학자요 고려 전기를 대표하는 문장가다.

「온달」은 원래 신라 말 고려 초에 소설로 창작된 원작이 있다가 그것이 김부식의 시대에 이르러 역사 편찬의 자료로 채택되면서 다소의 수정을 거쳐 열전에 포함된 것이 아닐까 한다. 왜냐하면 「온달」에서는 남녀의 결연 과정이 이야기의 중심에 있는데, 이는 인물의 공과功過를 평가하는 데 초점을 두는 일반적인 전傳의 속성에서 벗어나기 때문이다. 「온달」에서는 민중적 사유와 정서가 확인된다. 공주와 비천한 바보의 사랑이라는 소재, 세상에서 가장 어리석고 천한 존재로 멸시받던 인물이 사실은 영웅의 자질을 품고 있었다는 설정, 그 과정에서 남성을 이끌어 주는 한편 '동명왕 신화'처럼 명마名馬를 조련해 내는 여성의 역할 등이 그에 해당한다. 민간의 이야기가 소설로 상승한 결과일 것으로 생각한다.

　　　•••• 「조신전」調信傳은 작자 미상의 작품으로, 『삼국유사』에 수록되어 있다. 이 작품은 "옛날 경주가 서울이던 시절"이라는 구절로 시작되는바, 고려 전기에 창작되지 않았을까 한다. 일연은 『삼국유사』에 실린 다른 많은 작품들의 예에서 보듯, 오래 전에 창작되어 전하던 이 글을 『삼국유사』에 그대로 수록한 것으로 보인다.
「조신전」은 「조신」調信 혹은 「조신몽」調信夢이라는 제목으로 불리기도 한다. 「조신」이라는 제목은 『삼국유사』의 「낙산의 두 성인 관음觀音·정취正趣와 조신」(洛山二大聖觀音正趣調信)에서 취한 것이며, 「조신몽」은 작품의 내용을 고려해 붙인 제목이다. 일연은 이 글의 뒤에 논평을 붙여 놓았는데, 그 첫머리에서 "이 전傳을 읽고 나서 책을 덮고 더듬어 생각

해 보니"(讀此傳, 掩卷而追繹之)라고 했다. 이로 미루어 보건대 이 작품의 원

제목은 「조신전」調信傳이었을 가능성이 크다.

「조신전」은 '꿈'을 통해 '깨달음'에 이르는 구도를 취했다. 비슷한 구

도의 이른 시기 작품으로는 중국 당나라 때의 「침중기」枕中記가 대표적

인데, 「침중기」의 주인공은 꿈속의 현실에서 한때 부귀영화를 누리지

만 종국에는 가장 큰 고통과 불행에 직면하게 된다. 반면 「조신전」의

경우 꿈속의 현실은 한순간의 기쁨일 뿐 일생 동안 극한의 고통이 가

득하다. 이 작품들의 주인공은 꿈속에서 궁극적으로 극한의 고통에 도

달할 수밖에 없는 현실을 겪은 뒤 꿈에서 깨어 인생무상을 깨닫는다.

'꿈'을 통한 '깨달음'이라는 점에서 『구운몽』九雲夢의 주인공 양소유楊

少遊 또한 「조신전」의 조신과 비교해 볼 만하다. 조신이 고통으로 가득

한 현실로부터 인생무상의 깨달음에 도달했다면 양소유는 부귀영화

의 절정에서 느끼는 인생의 덧없음이라는 문제를 제기했다.

꿈과 현실을 넘나들며 인생의 가치를 묻는 「조신전」의 주제는 대단히

매력적이다. 일찍이 춘원春園 이광수李光洙는 「조신전」에 윤색을 가해

1947년에 「꿈」이라는 소설을 쓴 바 있다. 현실세계와 가상세계를 넘

나드는 오늘날의 공상과학 소설이나 영화도 「조신전」과 『구운몽』의

연장선상에서 그 의미를 반추해 볼 수 있다.

　　　　● ● ●　「최치원」崔致遠은 『태평통재』太平通載에 실려 전하

는, 작자 미상의 작품이다. 『태평통재』는 조선 성종成宗 때의 문신 성임

成任(1421~1484)이 우리나라와 중국의 기이한 이야기를 집성하여 펴낸 책

이다. 『태평통재』에서는 이 작품이 본래 『수이전』殊異傳에 실려 있다고 했다. 『신라수이전』新羅殊異傳이라고도 불리는 『수이전』은 신라시대에 만들어진 설화집으로, 고려시대에 몇 차례의 증보增補를 거친 것으로 추정된다. 『수이전』은 현재 전하지 않고, 14편의 작품이 『태평통재』·『대동운부군옥』 등의 책에 흩어져 전한다.

「최치원」의 작자는 신라 말 고려 초의 문인일 것으로 짐작되나, 정확히 누구인지는 알 수 없다. 다만 작품의 말미에 "최치원이 심은 모란이 아직도 있다"라고 한 것으로 미루어, 최치원의 시대로부터 그리 멀지 않은 때의 인물이 아닐까 한다. 작품의 끝부분에 나오는 장시長詩는 수작秀作으로서 상당한 문학적 역량이 없고서는 짓기 불가능한데, 이런 점으로 미루어 고려 초까지 생존한 신라 말의 견당유학생遣唐留學生 출신 문인 중의 누군가가 아닐까 싶지만, 추정에 불과할 뿐 증거는 없다.

「최치원」은 중국 문헌에 전하는 '쌍녀분雙女墳 설화'를 대폭 확장한 작품이다. '쌍녀분 설화'에서는 최치원이 요절한 두 자매의 무덤에 우연히 갔다가 시를 지어 조문하자 그날 밤 두 자매가 나타나 감사하며 자신들이 요절하게 된 사연을 말한 뒤 함께 이야기를 나누다 새벽에 떠났다는 내용이 지극히 간략하게 기록되어 있다. 이에 반해 「최치원」은 주인공에게 개성을 부여하고 대화 장면을 확장하며 세부 묘사를 충실히 하고 여러 편의 시를 삽입함으로써 '쌍녀분 설화'와는 전혀 다른 차원의 작품이 되었다. 후대의 소설에 비하면 미숙한 점이 보이기도 하지만 기존의 설화와는 질적으로 구별되는 면모에 이르게 된 것이다. 게다가 고독한 주인공, 짧은 만남과 긴 이별을 특징으로 삼는 전기

154

소설傳奇小說의 요건을 잘 갖춘 작품이기도 해서 최초의 한국 고전소설로 거듭 주목되어 왔다.

     ••• 「설씨」薛氏는 김부식의 『삼국사기』에 실려 있다. 이 작품 역시 「온달」처럼 신라 말 고려 초 어떤 문인에 의해 창작된 원작이 역사 편찬의 자료로 채택되면서 가감을 거쳐 『삼국사기』 열전에 수록된 게 아닌가 한다. 「설씨」 역시 남녀의 결연 과정이 서사의 중심을 이루고 있는데, 일반적인 열전이 인물의 미덕과 업적을 기리는 데 초점을 둔다는 점을 고려할 때 이 점 대단히 파격적이다. 『삼국사기』에 실린 「설씨」는 원작 그대로의 모습이 아니라 김부식의 개작改作으로 보이는데, 작품에 명백히 존재하는 축약의 흔적이 그 근거가 된다. 가실은 변경으로 떠나며 자신이 기르던 말을 설씨에게 맡기면서 이렇게 말했다.

"이 말은 천하의 명마인데, 훗날 반드시 쓸 일이 있을 겁니다."

이는 나중의 사건 전개와 연관을 가진 복선伏線으로 보인다. 그러나 그 뒤 설씨의 아버지가 설씨를 강제로 다른 남자에게 시집보내려 하자 설씨가 보인 행동은 다음과 같이 기술되어 있을 뿐이다.

설씨는 혼인을 완강히 거부하며 몰래 달아나려 했지만 차마 실행에 옮기지는 못했다. 마구간에 가서 가실이 남겨두고 간 말을 보며 한숨을 크게 내쉬고 눈물을 흘렸다.

이 정도의 반응을 보여주기 위해 원작자가 천하의 명마를 등장시키며 훗날 반드시 쓸 일이 있다고 하지는 않았을 것이다. 명마를 활용하여 극적인 전개를 보여 주려면 설씨는 몰래 명마를 타고 달아나 가실을 찾아나서야 옳다. 원작에는 설씨와 가실이 만나기까지의 과정에서 명마와 관련된 서술이 있었을 것으로 추정되지만, 김부식은 원작의 이 대목이 자신의 열전 편찬 의도에 어긋난다고 생각하여 생략한 것으로 보인다. 김부식의 관점에서 설씨의 열녀烈女 형상을 부각하는 데 도움이 되지 않는다고 여겼거나 황당무계한 내용이라 판단했기 때문이 아닐까 한다.

「설씨」는 삼국시대 말기의 신라를 배경으로 삼아 국방의 의무를 직접 몸으로 담당해야 했던 서민들의 고통을 드러내는 가운데 남녀 애정 관계에서의 '신의'를 강조한, 흥미로운 작품이다. 후대의 문인들 또한 이에 감동하여 이 작품을 제재로 삼은 한시를 여럿 창작했는데, 임창택林昌澤(1682~1763)의 『해동악부』海東樂府에 수록된 「가랑가」嘉郞歌(가실의 노래), 이익李瀷(1681~1763)의 『악부』樂府에 수록된 「파경사」破鏡詞(조각난 거울), 이광사李匡師(1705~1777)의 「파경합」破鏡合(조각난 거울이 다시 합하다) 등이 대표적이다.

••• 「연화부인」蓮花夫人은 이거인李居仁(?~1402)이 지은 작품으로, 원제목은 알 수 없다. 이거인은 고려 말 조선 초의 문신으로,

156

호는 난파蘭坡이다. 그는 고려 말에 명주부사溟州府使를 지내면서 명주溟州(강릉)에 전해 오던 이야기들을 바탕으로 여러 편의 작품을 창작한 것으로 보이는데, 현재 전하는 것은 「연화부인」뿐이다. 이 작품은 허균許筠(1569~1618)의 문집 『성소부부고』惺所覆瓿藁에 수록된 「별연사고적기」鼈淵寺古迹記 속에 전문全文이 인용되어 있다. 허균이 이 작품을 얻어 보게 된 경위는 다음과 같다.

병신년(1596) 봄, 한강寒岡 정선생鄭先生(정구鄭逑)이 강원도 관찰사로서 순시하다가 평창군平昌郡에 이르셨다. 평창군은 동원경東原京(강릉) 관할인데, 당시에 명주부溟州府 소속이었으므로 평창군 사람들 중에는 지금까지 명주부의 사적을 이야기하는 이가 있었다. 정선생은 옛 문서를 두루 찾다가 우두머리 아전으로부터 오래된 기문記文을 얻어 내게 보여 주셨다. 바로 명주부사 이거인이 지은 글이 매우 많았는데, 그중 연화부인의 일을 적은 글이 매우 자세했다. 그 글은 다음과 같다.

이 뒤에 바로 「연화부인」을 실었는데, 원작에 제목이 있었는지, 있었다면 무엇이었는지는 현재 알 수 없다. 「연화부인」에는 혹 허균의 가필이 들어 있을 가능성도 배제할 수 없지만, 기본적으로는 이거인의 원작을 옮겨 놓은 것으로 보아야 온당할 듯하다.

「연화부인」은, 노랫말은 전하지 않고 제목과 배경 설화만 전하는 「명주가」溟州歌의 배경 설화를 소재로 삼고 있다. 「명주가」는 문헌에 따라 혹은 신라의 노래로, 혹은 고구려의 노래로 달리 기록되어 있으며, 그 배경 설화는 『고려사』의 「악지」樂志를 비롯해 『신증동국여지승람』新增東國輿地勝覽과 『증보문헌비고』增補文獻備考 등에 수록되어 전한다. 그러나 이들 문헌의 기록이 모두 설화의 테두리 속에 있음에 반해, 「연화부인」은 설화로부터 소설이 상승하는 과정을 보여 준다.

　　　••• 「백운과 제후」는 『삼국사절요』三國史節要에 수록된 작품이다. 『삼국사절요』는 단군조선부터 삼국시대까지의 우리나라 역사를 편년체編年體로 서술한 역사서로, 조선 성종 때 노사신盧思愼·서거정徐居正 등이 왕명을 받아 편찬했다.

이 작품 역시 작자와 창작 연대를 알 수 없는데, 신라 말 고려 초에 창작된 애정소설이 역사서의 자료로 채택되면서 축약되어 실린 것이 아닐까 한다. 서사의 기본 뼈대만 남아 있을 뿐이지만, 작품 안에 남녀의 결연을 방해하는 사건이 두 번이나 발생하고, 적대적 인물과 협객의 면모를 지닌 조력자가 등장하는 등 초기 소설로는 이례적으로 복잡한 플롯을 내장하고 있다는 점에서 원작은 상당한 분량의 작품이었을 것으로 추정된다.

　　　••• 「김천」은 『고려사』高麗史 열전列傳의 '효우전' 孝友傳 중에 실려 있는 작품이다. 원나라에 포로로 붙잡혀 간 어머니와 동생을 되찾아 오겠다는 김천의 집념을 간략한 필치로 그려 냈다. 「김천」은 다른 효우전과 달리 소설적 구성과 필치를 보여 주며 분량도 두어

배에 이른다. 『고려사』 편찬에는 김종서金宗瑞 · 정인지鄭麟趾 · 박팽년朴彭
年 · 신숙주申叔舟 등이 참여했지만, 이 작품 역시 원작은 따로 있고, 조
선 초에 『고려사』를 편찬하면서 원작이 사료로 채택된 것이 아닐까
추정된다.

작품 배경과 등장인물들로 미루어 볼 때 창작 시기는 13세기 말에서
14세기 전반 사이로 생각된다. 이 작품은 충렬왕忠烈王 재위 초기인
1270년대에 일어난 일을 소재로 삼고 있는데, 당대의 주요 인물뿐 아
니라 부수적인 인물까지 그 이름을 세세하게 기록한 점에서 1270년대
로부터 멀지 않은 시기에 창작되었다고 보는 것이 타당하다.

「김천」은 13세기 후반 몽골의 침략으로 인해 고려 사람들이 겪은 고통
을 소설로 형상화한 드문 작품이라는 점에서 주목할 만하다. 소설 형
식의 측면에서는 전傳으로부터 파생되어 나온 한문단편소설인 전계소
설傳系小說의 선구적 모습을 보여 준다는 점이 의의를 가진다.

　　　　　첫 번째 부록으로 실은 「원광법사전」부터 「아도법사」
까지의 10편은 『삼국유사』 등에 흩어져 전하는 『수이전』殊異傳 수록 작
품들이다. 『수이전』은 앞서 언급한 바와 같이 신라시대에 만들어진
설화집으로, 고려시대에 박인량朴寅亮(?~1096) · 김척명金陟明 등이 증보한
것으로 추정되지만 온전한 모습의 책이 전하지 않아 원작자를 알 수
없다. 권문해權文海(1534~1591)의 『대동운부군옥』에서는 『수이전』의 편
찬자를 최치원崔致遠(857~?)이라 밝혔는데, 이 기록을 준신準信해야 할 것
으로 본다. 작품의 수록 출처를 밝히면 다음과 같다.

부록으로 실은 『수이전』 작품 중에서 가장 분량이 길고 서사도 흥미로운 「원광법사전」은 『삼국유사』에 실려 전한다. 「탈해」와 「선덕여왕의 지혜」는 『삼국사절요』에 실려 있고, 「영오와 세오」는 서거정徐居正(1420~1488)의 『필원잡기』筆苑雜記에 실려 있다. 「보개의 아들」은 『태평통재』에 '보개'寶開라는 제목으로 실려 있다. 「석남 꽃가지」, 「개로 변신한 노인」, 「대나무 통 안에서 나온 미녀」, 「불귀신이 된 지귀」는 『대동운부군옥』에 각각 '수삽석남'首揷石枏(석남 꽃가지를 머리에 꽂다), '노옹화구'老翁化狗(노인이 개로 변신하다), '죽통미녀'竹筒美女(대나무 통 속의 미녀), '심화요탑'心火繞塔(마음속의 불길이 탑을 두르다)이라는 제목으로 실려 있다. 「아도법사」는 각훈覺訓의 『해동고승전』海東高僧傳에 '석아도전'釋阿道傳이라는 제목으로 실려 있다. 각훈은 이 작품이 박인량의 『수이전』에 실려 있다고 했다.

　　두 번째 부록은 『삼국사기』와 『삼국유사』에 수록된 흥미로운 설화 다섯 편을 묶은 것이다. 「도미」와 「박제상」은 『삼국사기』에, 「수로부인」과 「만파식적」과 「거타지」는 『삼국유사』에 실려 있다. 모두 유명한 작품이어서 별도의 설명이 필요 없을 듯하지만, 특히 「도미」는 새삼 주목을 요한다. 이 작품은 동시대의 어떤 소설보다도 심각한 갈등 구조를 지니고 있다. 국가 권력의 횡포와 그로 인한 민중의 참상을 고발한 데 이어 도미 부부가 천신만고 끝에 도착한 망명지에서도 결국 근근이 목숨을 부지하며 살다 생을 마쳤다는 작품의 결말은 2천 년 뒤 오늘의 우리에게도 큰 여운을 남긴다.